梅雪

阿木 著

陕西新华出版
太白文艺出版社·西安

图书在版编目（CIP）数据

梅萼 / 阿木著 . -- 西安：太白文艺出版社，2024.
7. -- ISBN 978-7-5513-2647-6

Ⅰ．I247.5

中国国家版本馆 CIP 数据核字第 20243550JU 号

梅萼
MEI E

作　者	阿　木
责任编辑	李明婕　林　兰
封面设计	李　李
版式设计	宁　萌
出版发行	太白文艺出版社
经　销	新华书店
印　刷	四川科德彩色数码科技有限公司
开　本	880mm×1230mm 1/32
字　数	200 千字
印　张	8
版　次	2024 年 7 月第 1 版
印　次	2024 年 7 月第 1 次印刷
书　号	ISBN 978-7-5513-2647-6
定　价	86.00 元

一

带着满脑子的疑惑走进梅园国际大酒店，阿文的心情就像此时冬季黄昏时分的天空，乱云飞渡，变幻莫测。他感觉从未有过这般惶恐，惶惶中，仿佛未来日子的天空正在酝酿着一场暴风雪，不知将会发生什么样的事情，自己又该怎样去面对。

初冬时节，阿文被梅园国际大酒店的老总陈莞生从海口请回黑山。

二十年前的冬天，阿文一个人十分懊丧地从黑山悄无声息去了海南。当初产生这个想法和付诸行动似乎是命中注定，根本用不着深思熟虑和做精心准备，就像夜空中的闪电，突然"哗啦"一声就照亮了整个天空，那么果断，那么决然，没有一丝犹豫和顾虑，而且产生了强烈的再不回黑山的想法，与黑山这个伤心地从此两别，再也没有一丝的关系。那时的出走，大有壮士断腕一去不复返的气概，只差没有像黑山人那样做发誓的动作，丢块石头到黑河，说一句"除非水干石出，否则不再回来"。

应该说，当初的阿文不是这种性格的人，他优柔寡断，就像毫无主张的小脚女人，什么事都瞻前顾后，犹豫不决，如同他创作小说，一筹莫展难以落笔，做无数次修改。如果当初他对深爱着他的雪梅有舍我其谁的一点点念头，那么，雪梅也不会选择在黎明时分去黑峦峰纵身一跳，为爱殉情。显然，正是雪梅的死才唤醒了他暗藏在内心深处的男人天然的血性，才做出破天荒的英雄般的行动。然而，没想到二十年后，陈莞生的一个电话，仿佛是被一根无形的绳索牵着，自己又像小绵羊般乖乖地回到黑山，根本找不到一点儿拒绝的理由。一切这么正常，这么自然，这么顺当，仿佛是命运安排必须走这一遭，就像当初去海南一样。

走到梅园国际大酒店门前，阿文抬头看了一眼"梅园国际大酒店"七个鲜红的大字，感觉这七个字像七枚针似的刺得眼睛生疼，心随即像是有什么东西用力扯着，隐隐作痛。不知道自己为何会对这七个红字产生反感，有这般奇怪而很不舒服的感觉。

他对身边跟着的陈莞生说："莞生，你不用红色不行吗？我看用绿色或者别的颜色也是可以的，比如……"莞生听了先是一愣，接着瞪着眼睛，张开嘴巴，脸上的表情很夸张，像是被人狠狠地揪着，整个脸都变了形。他说："文叔叔，绿……色？绿色？您没搞错吧？"莞生没接着说下去，而是接通了手机。如果不是手机响，很可能他要和阿文好好地理论理论招牌为什么不能用绿色的事，但他已向电梯口走去，一边走一边对着手机说着广东话："烂仔啊，这样的事还要来问我？老规矩啦！"莞生进电梯前还回头看了一眼站在门口发愣的阿文，似乎是在问，为什么不能用红色呢？

其实，一般酒店、小旅馆，还有行政单位、各类公司的招牌大多是红色的，这很正常，不值得大惊小怪。梅园国际大酒店大门顶上，以及大楼侧面悬挂着的比大门还要大的招牌很规范，字是标准的美术体，玻璃钢制作，大门顶上的每个字一米见方，侧面的是两米见方，白天黑夜都通着电，亮着，很是醒目。

初次和陈莞生见面，阿文就喜欢上了莞生。显然，这不仅仅是因为雪梅，尽管两个人之间没有一点儿血缘关系，但莞生一声文叔叔，就感觉莞生就像是雪梅为他生的儿子。他对二十五六岁的莞生印象很好。莞生中等个子，脸上白里透红，模样像他的亲爹，剃着黑山市小孩子常剃的"锣罐盖"发型，和他的亲爹一样精神。

阿文见过莞生的亲爹。

见了面才知道，莞生请他回来是要赠送给他梅园国际大酒店的一层楼，要他回来养老，报答恩情。如果换了别人，对于这种天上突然掉馅饼的大好事，定会惊讶得无所适从，仿佛在梦中。然而，阿文对莞生的举动并不感到意外，只淡然一笑，不再像雪梅生前把她的梅园酒店和存款全部赠送给他时那么惊讶。当然，莞生所说的要报答他对母亲的恩情一说阿文是不能认可的，他认为自己对雪梅是有亏欠的，雪梅的死，很重要的原因是他。想起雪梅，阿文心里五味杂陈，但他又不能跟莞生说明白，只是说自己一个人住不需要这么大的面积，浪费，一套房足矣。可莞生很固执，非要这样做，不听他的。而且说："不就是一层楼吗？只要您需要，整栋楼都给您，我给您当门卫、当保安。"莞生说了很多给他的理由，说时泪眼婆婆，像个动情的女人，就像他妈妈。看着莞生真诚的样子，他没有一点儿办法和理由拒绝。莞生看到他还在犹豫不决，便使出最厉害的一招。他说："您不要我就走，我去浪迹天涯，就像您当年离开黑山一样，再也不回来了。"阿文无可奈何，说不过他，也知道莞生的心意，只好暂时接受。

莞生，先前姓朱，后改母姓，姓陈，梅园国际大酒店的独资老板，从香港过来，严格地说是从英国过来的。二十年前，他母亲陈雪梅在黑山市开了一家梅园酒店。他来黑山市开梅园国际大酒店，除了日常经营外，还有两个很重要的目的：一是纪念去世了的母亲陈雪梅；二是报答母亲的情人阿文。当然，对外他只能说是为了报答母亲。

阿文，姓文，本名文孝贤，自改名文迅，笔名阿文，黑山市文联专职创作员，著名作家。

莞生打电话请他回来，当时他正在海口。阿文没见过陈莞生，以前只听雪梅说过，说她在东莞生的儿子叫莞生。阿文对莞生的手机号码不熟悉，开始几次都没接，怕是什么广告商推销商品房，或者是网络诈骗说有个地址不详的包裹之类的。可这个号码在手机上没提示广告和骚扰，一直在响，又是黑山的，他这才接听。莞生在电话里一口广东腔，他说："文叔叔，我是陈莞生，我妈是陈雪梅，陈雪梅您认识的啦！"

陈莞生的电话勾起阿文痛苦又幸福的回忆，没有去海南之前，他和这个叫雪梅的女人有过一段刻骨铭心的恋情。阿文知道莞生是雪梅的亲儿子，这才坐飞机从海口美兰国际机场飞过来，莞生的"宝马"汽车早在武汉天河机场等候多时了。

阿文远走海南，一去就是二十年。

阿文猜想莞生为了找到他肯定费了不少功夫。后来知道，莞生对他的一切了如指掌，比自己还了解自己。

阿文住在梅园国际大酒店的最高层，第二十三层，而且整个二十三层都是他的，就他一个人住。

阿文住进梅园国际大酒店第二十三层的时候是初冬，那时黑山还没下第一场雪，梅园国际大酒店后院唯一的一株红梅还没有绽开，枝头尽是含苞待放的花苞。这株红梅栽在后院停车场的中央花坛上，所有的车都围着它转。这是梅园国际大酒店的标志树。据说莞生买这棵红梅花了一百万。

第一夜，阿文一直没睡安稳，翻了一夜的"烧饼"。他睡不踏实并不是"欺生"，他早已习惯了拎着包四处投宿。"逃离"黑山在海南二十年的"海漂"生涯中，他住过各种各样的旅店，高至有海景的总统套房（只有一次），低到贫民窟五元钱一晚的私人旅店（也只有一次），一般是没有星级的小旅馆，不到一百元的标准间，但更多的时间是住在租赁房里，这是他工作相对稳定的时候。他曾在海口一家文化生活杂志连续干了十年，做编辑记者。

他的适应能力是很强的。

此刻阿文睡不着有许多原因，一是房间太大，宽敞无比。尽管房间里有红木的老板办公桌，高靠背的真皮老板椅，两组沙发和长条茶几，高挑的落地灯，一组电视矮柜，还有壁橱，以及室内卫生间等，但总觉得房间空荡荡的。二是床太大，大到四个人都能睡得下。莞生说了，这床是特制的，就是怕夜里东滚西翻地掉下来摔了。可阿文睡在大床上还是不安稳，总觉得要滚到床下去，没有躺在单人床上的踏实感觉。三是床头墙上的那幅画——《梅花笑雪》。也不知莞生是怎么从他的老屋弄来的，他进房第一眼就看见了《梅花笑雪》。他扭头看站在身边的莞生，莞生一脸的得意。他说："是我撬开您的房门偷来的啦！"阿文知道莞生此刻脸上和内心的全部内容。显然，这幅《梅花笑雪》与时髦的房间不太匹配。画面颜色暗淡，框边还有磕碰的痕迹，那是他在雪梅死后，从当时的梅园酒店将《梅花笑雪》取回家时在门框上磕碰的。

睡在《梅花笑雪》下，仿佛又回到了二十年前，又听见了雪梅在梅园里的声音——笑声和哭泣声。在他的印象中，雪梅很少笑，也很少哭，大多数时间就是沉默。她经常一个人窝在梅园的沙发上，像只困倦的白狐。那时候，他喜欢雪梅笑和哭，就怕她沉默不语。雪梅不笑不哭很可怕，一双凤眼直勾勾地盯着你，像是对你有千仇万恨似的。目光像钩子，把你吓出一身汗来，心里慌慌的，心惊胆战，生怕生出什么事情。雪梅笑时声音很大，像母鸡下蛋后"咯咯"地大声叫唤。雪梅笑时从不掩饰，是真开心地仰着头张着嘴大笑。不像别的女人，比如她的员工、好姊妹月桂。真名章秋月的月桂笑时用手捂着嘴巴，"咯咯"的笑声慢慢地从手指缝间挤出来，变了调儿，不是笑的味道，或者说笑声变了调儿，不那么爽快。雪梅哭也很特别。她哭泣时如同夜莺在黎明前的黑夜里低声凄叫，用着劲儿，身子往上一抽一抽的，仿佛是要把痛苦和忧愁全部从胸膛里抽出来。不一会儿额头上就布满了细细的汗珠儿，像雾气中落在树叶上的细小水珠。对于雪梅，阿文是心存感激的，因为是雪梅通过副市长梅哲仁的关系，在他去海南之前，将他调入了市文联，没了后顾之忧。

想到雪梅，自然就想到了月桂，两个女人是性格不同的共同体。阿文想，也不知月桂现在怎么样了？他和她生的孩子又怎么样了？阿文走后，头年还和月桂有些联系，月桂告诉他生了个女儿，后来他们就断了联系。阿文在海南时除了和单位偶尔联系一下，断掉了黑山其他的联系，包括自己的父母、妻子和儿子文子。那年他老阿婆九十八岁过世，文联通知他，他是要回来的。老阿婆是他一生最最牵挂的人。可是，当时海南台风来袭，琼州海峡渡轮停航，飞机停飞，等到他能买到船票和飞机票时，老阿婆已经过了"头七"。后来，他去湖南长沙组稿，抽空回了一趟黑山，直奔老阿婆的坟头，伤心欲绝地哭了一场。那次他也没回去看父母，也没找月桂。自从雪梅跳崖身亡，老阿婆寿终正寝，他心灰意冷，对黑山市没有一点儿挂念了。人在红尘中，心却皈依佛门。好在他是文联专职创作员，不用坐班，工资每月打到卡上，文联只要他每年报告创作成绩就行了。

阿文想，得去找找月桂，看看自己的女儿了，女儿如今也有二十岁了吧？他睡不着，又想起了自己的长篇小说《梅殇》。他想，这个时候看《梅殇》或许正适合，或许看上几页就睡着了。但他清醒地知道，自己的旅行箱里没有《梅殇》，那本2015年出版的《梅殇》早就销售一空。《梅殇》在千家万户的枕头边、书柜里、桌子上，或许还有的在卫生间的马桶盖上。

《梅殇》是为雪梅写的。《梅殇》虽说是2015年出版的，但写成是二十年前，也就是他离开黑山之前就写好了，当时并没有出版罢了。

阿文还是睡不着，干脆打开床灯，起来去办公桌上拿烟抽，他记得莞生离开时在桌上放了一条烟的。他不仅看见了烟，还看到桌子上放了他的几本书，《梅殇》，还有《花祭》《一个女人短暂的生命轨迹》，以及《文侍郎传》。他拿起书，翻了翻，心想，莞生这小子够鬼的，明摆着是不让自己安神呢。他又想，莞生现在在干吗呢？在外面夜宵摊上喝啤酒？在六楼娱乐室里赌博？阿文知道他身边不缺女人，像他这样有亿万资产的年轻老板，是黑山人说的"苍蝇叮狗屎"，身边肯定美女如云。

阿文对莞生真是不了解，也理解不了。不说别的，他对莞生在黑山市建这么一栋大酒店就感到不可思议。这栋二十三层的大酒店在黑山市独树一帜，是最豪华、最大、最高的星级酒店，全不是他妈妈雪梅当年经营的三层小楼的梅园酒店那般。

梅园国际大酒店一楼是接待厅，大理石的墙壁，硕大的琉璃吊灯，灿烂辉煌，夜如白昼；二、三、四层是餐饮部，二层大餐厅可接待千人宴请，三、四层包间装修富丽堂皇，高档典雅；五、六层是娱乐厅、卡拉OK包房、舞厅，华灯流彩；七层是大、小会议室，大会议室舞台可供中型乐团演出，音响、旋转灯、聚光灯、大屏幕应有尽有；八层至十八层是商务用房，什么电子科技公司、网络平台、贸易公司等众家云集。有意思的是竟有一家挂着"黑山市《周易》研究会"牌子的机构也在十八层租了一间房，阿文感兴趣去看过。研究会的房间里很简单，一张桌子，一把椅子，还有一排破了皮的旧沙发。阿文去的时候，研究会没有客人，只有一个人坐在对着门的三屉桌前，手里捧着一个咖啡色玻璃杯子，杯子里装了一大半粗茶叶。那人看上去快七十了，头发稀疏，头顶可能小时候长过癞，几块疤痕看起来闪闪发亮。老先生戴着宽边的黑色眼镜，不知道是不是盲人。他的桌子左边放了几本卷了边的旧书，如《周易》之类的。右面放着一个六寸大小的牌子，牌子上印着研究会的简介。这老先生姓杨，叫杨美中，头衔不少，中华《周易》研究会常务副会长、华夏《周易》研究总会特聘研究员、周文王姬昌历史研究会驻会副主席，等等。阿文低头去看简介时，眼睛往上一瞟，发现杨先生也在看他。他一看杨老先生眼珠子滴溜溜乱转就知道，这杨老先生不是盲人。

杨先生说:"先生是从南边来的吧?"阿文听了一惊,他怎么知道的?阿文问道:"杨老先生是怎么知道我是从南边来的呢?"杨先生不急于回答,而是揭开杯盖,慢慢喝了两口水,然后说:"先生一进门我就算出来了,先生可不是一般人呢。先生能否教我?"阿文听了这话,对装瞎的杨先生更感兴趣了。他说:"岂敢,岂敢!先生从什么地方看出我是从南边来的?"杨先生说:"小伎俩啦!先生一进来我就闻到了海洋的气味;加之你皮肤黝黑,肯定是长年在海边生活的人;再加上你戴金丝眼镜,走路不疾不徐,稳重,想必与我同行,所以老朽要你教我啦!"

阿文在内心还真佩服这个杨美中了。

晚上莞生为他接风洗尘时,他特地邀请杨美中老先生共进晚餐,两个人举杯畅饮,相聚甚欢。后来,阿文知道这杨老先生并非徒有虚名,他还真有点儿糊弄人的本事,黑山市政府大楼和梅园国际大酒店的向址(地址和朝向)就是他勘定的。

梅园国际大酒店的十九层到二十一层是客房,标准间、单人间、总统套房都有。莞生带阿文去总统套房参观过,和他在海口住过的总统套房差不多,只是浴池中翻滚的水号称是温泉水,可治百病。阿文听莞生介绍后笑着说:"治百病?治你的头哦!黑山市根本没有温泉水。"莞生也笑着回应:"管他呢,时髦啦,反正无害啦!"

二十二层是莞生他们酒店高管住的房间,二十三层就是阿文的了。阿文的二十三层除了他的豪华房间外,还有一大一小两个会客室，大的能坐四五十人，莞生说是专门为阿文开什么研讨会用的。除了会客室之外，其他的房间全部是书房。书房的规模比黑山市的新华书店还要大，几十个顶墙的书架摆满了书籍。文学的、历史的、政治的，国内的、国外的，名著更不用说，就是黑山市所有文人墨客的书从古至今应有尽有。据莞生说，为了建这个书房耗资几百万，请了市新华书店和图书馆的人花了几个月的时间来整理分类。阿文参观书房时，莞生很自豪地说："听说台湾的著名学者李敖的书房有二百平方米，几十万册书，号称台湾第一书房。叫他过来看看，估计他也不愿飞回去啦。"对于书房，阿文很满意，这也是他愿意住在梅园国际大酒店的主要原因。

莞生建梅园国际大酒店总共花了一个多亿，他的钱是继承他在香港的亲爹和亲娘雪梅的。

莞生的亲爹是香港不大不小的老板，改革开放后在东莞开了酒店和贸易公司，狠赚了一些钱。他的亲爹在东莞认识雪梅后生下了他。不过，雪梅不是正房，莞生是私生子。阿文在黑山见过一次莞生的亲爹，在雪梅的梅园酒店陪他吃过一次饭。雪梅开梅园酒店的钱都是这个叫老朱的香港老板的。

老朱个头矮矮的，头发乌黑，没有一根白发，常穿红色的运动服，显得很精神，不像快六十岁的人。老朱到黑山是雪梅叫来的，她想要老朱在黑山投资。雪梅的心思很明确，就是想再捞一把老朱的钱。可老朱精得很，不见兔子不撒鹰，看了几个项目，嘴里说考虑考虑，回去后再没音讯，他把钱投到英国去了，在伦敦开了家中式酒店。为此，雪梅恨得咬牙切齿，一段时间很是愤愤不平。过了不久，老朱把他和雪梅生的儿子莞生带到香港，后来又送莞生去英国读书，一直到老朱在香港一命呜呼，莞生才回港争家产，然后携款来了黑山市。那时，雪梅可以说是人财两空。雪梅丧失了儿子的抚养权，这也是她绝望自杀的主要原因之一。

往事如烟，缕缕烟雾中都是泪花。

阿文走到窗前，拉开双层窗帘，看见黑山市的夜灯火阑珊。那座与梅园国际大酒店相对的高耸的黑峦峰还在，夜色朦胧中还是那么挺拔，那么精神。看见黑峦峰，阿文仿佛又看见了雪梅穿着洁白的连衣裙在黎明时分从黑峦峰顶上纵身一跃，像只白蝴蝶一样飞走了。二十年了，也不知雪梅魂归何处？阿文把头伸出窗外，想再听听夜莺"啾啾啾"的叫声，可他没听见，只有冬天寒冷的夜风在耳边"呼呼"作响，一会儿脸颊就冰冷了。

看着黑山市的夜景，阿文心潮澎湃，浮想联翩。他知道，此时的黑山市不是以前的黑山市了……

阿文睡觉前从微信中看到一条消息，说黑山市史志办和民政局根据市政协委员要求更改黑山市市名的提议，征求市民意见。于是，有不少网民跟帖表示赞同更名，说早就应该改了，黑山名字不好听，不利于黑山发展。有的建议改为明山市，有的建议改为红山市，还有的建议改为花山市，说黑山市一年四季都有花，春天有桃花，夏季有荷花，秋季有菊花，冬季有梅花。更有人建议改为梅山市，说黑山四周都是山，山上梅花多，而梅花又是市花，名副其实。阿文看后就想起了雪梅的梅园酒店，酒店十二个包房都是以花卉命名的，杏园、桃园、樱园、桂园、菊园，到最后的梅园，如果以梅花作市名，雪梅当属第一。他由此想到，莞生就随大流了，梅园国际大酒店的房间命名仅以楼层数字命名而已，全没有他妈妈命名的那么别致风雅。当然，阿文不赞同更名，黑山市有个黑字又怎么样？叫阿狗阿猫又怎么样？人有出息和名字无关，更何况黑山是有来历的，有历史渊源，他的《梅殇》《文侍郎传》中都有叙述。他想，如果市里要征求他的意见，他力挺保持原名。

二

阿文睁开眼睛，屋里一片漆黑，他打开手机一看，快八点了。他从来都是早起的。在海口，每天早上跑到白沙门路海边的时候，太阳刚好从海平面跃起。他知道，这是住进梅园国际大酒店和《梅花笑雪》给闹的。他下床拉开双层窗帘，看见太阳正在黑峦峰峰顶上，像还没睡醒似的睡意蒙眬。黑峦峰上似乎有些薄雾，朦胧中的日出景象也颇有点诗情画意。

阿文昨晚想好了，今天去找月桂，看看自己的闺女。他洗漱好拉开门，门口站着两个女人，吓他一跳。

是月桂和一个女孩，月桂说了句："先生，你起来了？"

月桂在梅园酒店的时候就叫他先生，那是他和月桂第一次好后要求月桂这样喊的。他说什么老板、哥的，不好听，俗气，要她喊他先生。月桂以前也和别人一样叫他文哥，从那以后就改口叫先生了。

阿文见是月桂，忙叫她们进来，月桂身后的女孩手里提着几个饭盒。进房后，月桂对阿文说："先生，这就是我们的女儿，叫阿芳，跟她现在的爹姓，叫沈芳。阿芳，快叫爸！"

阿芳把饭盒放在茶几上后，双手紧贴在小腹前，有些忸怩，稍微弯着腰轻声喊了声："爸。"

如果阿芳是儿子，月桂肯定要他下跪磕头的，这是黑山的老规矩。

阿文见过阿芳，昨天入住酒店时是她帮他把行李箱送到房间的，当时他在电梯里跟莞生说笑，阿芳就在一旁微笑，还上下打量自己，当时他还以为这姑娘是莞生的女朋友，没想到是自己的女儿。

阿文看了月桂一眼，说："不叫爸了吧？这样不好。"

月桂忙说："噫——那怎么能行？是你的亲生女儿那就得叫爸。阿芳，你愿意吗？"

月桂扭过头去问阿芳，阿芳又看了一眼阿文，点点头没说话。

阿文伸手轻轻地拍了一下阿芳的脸蛋，说："这样吧，没外人的时候叫，有外人就叫文叔，或者文老师也行，好不？"

阿文说这话时只看阿芳，不看月桂，他感觉阿芳比月桂个子要高一些，脸蛋长得也比月桂好看，一头乌黑油亮的长发，活脱脱的一个小美女。月桂还想坚持让阿芳叫他爸，阿文摆了摆手，意思是叫她别说了。阿芳又点头，连连点头，然后走近阿文，抱住了他，又喊了声："爸。"眼泪立刻就出来了，鼻子一抽一抽的，小声哭了起来。阿文轻轻地拍着阿芳的后背，说道："好女儿，爸对不起你，这么多年都没管你，是爸不好。"

阿芳听了就放声大哭起来，阿文听了很心酸，忙去看月桂，意思是叫她劝劝阿芳。月桂就说："阿芳，别哭了，你爸回来了就好。这么大了还哭，丑不丑啊！你小时候从来不哭的。"

阿芳这才收了声，把脸扭到一边去擦眼泪。

阿文发现月桂发胖了，是个成熟富态的女人了。阿文又拍了拍阿芳的后背，说："女儿啊，你爸还没过早呢，饿死了。"

阿芳立马打开饭盒，双手递给阿文筷子，说："阿爸，快吃，别冷了。"

阿文坐下来，用手往下按了按，示意月桂也坐下，月桂在他的左边坐下了，阿芳坐在他的右边，头歪在他的身上，小鸟依人似的。阿文一看，早餐是他喜欢吃的小笼包、小面窝，还有豆浆、炒青椒、豆腐乳等小菜，便夹起两个小笼包往嘴里一送，小笼包就没了，腮帮子鼓得老大。月桂亲昵地拍了他一下，说："慢点吃，几十年了，吃饭还是饿狼相。"

阿文扭过脸去对月桂一笑，鼓着嘴说："嗯嗯，狗就是改不了吃屎。"

月桂连声说道："呸呸呸！还是那个臭德行，吃饭还说这个。"

阿文笑了，他感觉又回到了当年，只是身旁多了个女儿。以前阿文在黑山租赁房里写长篇小说时，每餐都是月桂从梅园酒店送来的。他就是在月桂第一次送饭来时一冲动和她发生了关系，当时他还不清楚月桂是什么样的人。在雪梅没死和他没去海南之前，月桂是他的长期伴侣，只是两个人没结婚而已。

当然，当时他那分居多年的老婆死活不肯离婚，如若离了他也许会娶月桂。这也只是也许，因为他们之间还有雪梅，只要雪梅在，他们也很难结婚。他和雪梅没有发生过关系，只是雪梅对他一厢情愿，要死要活的。阿文那时除了月桂，还和一个女人有染，那就是老阿婆为他指定的所谓的媳妇——阿春。他和阿春同房不多，和阿春在一起仅仅是满足老阿婆的心愿。

在外人看来，阿文在黑山的女人很多，私生活很乱，其实不然，只是还未出嫁的黄花大闺女月桂却对他死心塌地，在他离开黑山之前不离不弃，还和他怀上了孩子。但是他后来在海南二十年，却没和任何一个女人发生关系。

吃完早点，阿芳收拾好饭盒带上门出去了，说是今天上午她当班。阿芳是一楼接待大厅的大堂经理。

阿芳一走，月桂就搂紧了阿文，嘴里说道："先生，先生你真狠心，二十年都不理我，我要……"

阿文惊讶地看着月桂，没想到月桂现在变了，不是以前的月桂了。当然，他理解她。如今月桂才四十岁出头，以前的月桂是很矜持的，就是两个人单独在一起，怀上了自己的骨肉，她也从不主动，阿文不要求，她就不表现。

月桂见阿文不动，就把他从沙发上搂了起来，推着他向床边走去，接着就把阿文按在了床上……

事后，他们坐在沙发上说了半天的话，直到莞生敲门进来叫他们下楼去吃饭。

显然，莞生知道他们的关系，可能还知道他们以前的故事。

莞生一进门就跟月桂开玩笑，他笑着说："阿姨今天好好漂亮啦，肯定是化了几个小时的妆来见我文叔叔的，是不是啦，秋月阿姨？"

月桂说莞生："臭小子，敢和阿姨开玩笑，当心你晚上做噩梦，你妈打你的屁屁！"

月桂一提到雪梅，大家顿时没了笑容，室内一片寂静。月桂意识到了，很后悔这个时候提到雪梅，她马上改口说："好生仔，今天弄什么好吃的招待阿姨啊？阿姨好长时间没来了哦！"

莞生也知趣，不把他妈的话题说下去，而是笑着一手挽着月桂，一手挽着阿文，边走边说："想吃什么随便要，小意思的啦！"

在四楼小餐厅，他们四人共进午餐，像家庭节日小聚，气氛很温馨。吃饭时，阿芳不知道当着莞生的面怎么叫阿文，月桂知道她的窘迫，她对阿芳说："你和生仔一起敬你爸一杯酒。"阿芳慌张地去看莞生，莞生聪明，马上站起来，端着酒杯说："秋月阿姨说得对，我们一起敬你的爸爸，我的干爸啦！"莞生又对阿文说："文叔叔，您愿不愿意做我的干爸爸啊？"

阿文笑着对莞生说："还是叫叔叔好。"

莞生说："我好悲哀哦，小妹阿芳好幸福的，有爸爸，可我……"

月桂马上打圆场，对阿文说："你就认这个干儿子呗，生仔多好啊，我蛮喜欢他的。"

阿文没立即回话，而是看看莞生，又看看阿芳，再看看月桂，眼睛里有一丝责怪月桂的意思。还是莞生打破了僵局，他说："不管文叔叔认不认我这个干儿子，反正我把文叔叔当干爸爸啦！"

阿文听了笑笑，算是表了态。

中午阿文喝了快半斤的酒，脸有些红了，话也多了起来。到后来，阿文一拿杯子，月桂就夺走，不让他喝，自己仰头一倒，就把酒喝干了。月桂说："先生要控制呢，快六十的人了，比不得年轻的时候。"阿文听了微笑，不恼，随她说去，只是惊讶月桂好酒量。他说："月桂，你行啊，现在酒量还这么大。"月桂说："先生要知道，你走后我当了好几年的梅园酒店的老总哦……"

这句话又把阿文说回了以前，他不说话了，表情有些呆呆的。他在努力回忆和月桂第一次喝酒是什么时候。他想起来了，是他请黑山日报报社总编，外号"伍本报"的伍建军在梅园酒店吃饭。那时月桂是"桂园"包房的服务员，雪梅叫她来一起陪他们两个喝酒，月桂一口气喝了六杯没吃一口菜，这让他印象很深刻。也就是月桂当时的这个动作，他喜欢上了月桂，觉得这个女子爽快。

月桂知道先生又沉浸在往事中了。她想到一个问题，这酒不能喝了，再喝肯定要出事。阿文是个性情中人，一激动说不定会说出些什么话来，在孩子们面前不好。于是，她对莞生和阿芳说："你文叔叔年纪大了，昨天又刚从海口回来，很辛苦的，让他上楼去休息，我下午在会议中心还要参加一个会，时间不早了，我们就散了吧？晚上再来陪你文叔叔。"

莞生同意了，就叫阿芳送她爸上楼，自己开车送月桂去市会议中心开会。

阿文回到房间倒在床上就睡着了，阿芳什么时候走的都不知道。一直到下午三点他才醒来，觉得头有点晕，不想起来，喝了几口阿芳放在床头柜上的茶水，就靠在床上抽烟。

上午，月桂讲了他走后自己的一些事儿。

雪梅死后，梅园酒店按照阿文的意思全部赠送给了民政局直属的福利院，月桂继续当梅园酒店的总经理，副科级别，同时兼福利院副院长，全权管理梅园酒店。酒店的一切和雪梅生前一样，只是每年向福利院上缴点利润，不多，也就是酒店每年的营业税钱，因为梅园酒店挂靠福利院可减免税收，另外就是招些福利院能干活的残疾人到酒店做事。月桂说，开始的时候，民政局和福利院不怎么管梅园酒店的事，只要上缴利润就行。这一点阿文理解，福利院白得了几百万资产的梅园酒店，不投资一分钱，每年还干得利润，何乐而不为呢？月桂说她每月拿双工资，一份国家事业编的工资，一份酒店总经理的酬金，当然酒店的酬金比国家的工资高得多，就这样干了四五年。后来，当时民政局的王局长高升到市人大常委会当副主任，福利院的院长提为副局长，新来的民政局局长提拔她当了福利院的院长，正科级别，便不再兼梅园酒店总经理，而是另派了一个人去管理梅园酒店。可那人不懂酒店管理，而且呼朋唤友胡吃海喝，一年下来不说上缴利润，梅园酒店员工的工资都发不出，还要福利院贴钱弥补亏损。不到两年，梅园酒店经营惨淡，江河日下，无法再开下去了。后来，民政局还想叫月桂再去当总经理，月桂坚决不去。月桂不去的原因她没说，但阿文猜测其中有几种情况。一是酒店一倒，再想扶起牌子很难；二是月桂当了领导，放不下架子了；三是月桂已嫁人，她的丈夫做矿泉水生意，生意红火，她不在乎两份工资那点钱了，况且她要照顾两个孩子。月桂跟做矿泉水的沈老板生了个儿子。月桂说他们的矿泉水叫"黑山矿泉水"，广告词是请伍主编写的，"黑山一点儿不黑，矿泉水更甜更亮"。月桂说到这儿，阿文听了哈哈大笑，心想"伍本报"还是这么聪明幽默。月桂又说："我们的生产厂在鸡公山脚下，就在鸡公山仙人谷的隔壁。"阿文知道仙人谷，仙人谷里埋着他文家的三世祖宗文侍郎文昌兴，他的《文侍郎传》里写的就是他。

月桂没说她是怎样嫁给沈老板的，阿文可以想象月桂当时的情形。沈老板肯定常去梅园酒店喝酒，很大方地大把大把地给酒店丢钱，千方百计跟月桂套近乎。月桂为了留住"财神爷"而常去陪酒，或许后来还让沈老板到一般不接待客人的"梅园"去吃饭，就像当年雪梅把自己叫到"梅园"去一样。然后，沈老板装醉强行和月桂睡了。想必那时月桂也是半推半就，她是过来人，又生过孩子，既有身体上的需要，又有为女儿着想的想法，加上自己"逃离"黑山一去不复返，杳无音信，月桂无人依靠，找个喜爱她的男人结婚，这很自然，符合情理。

后来，阿文把自己的想象跟一个叫红儿的女人说了。那个风韵犹存的红儿大笑，说："你真是作家，真会想象。但是，他们的事情比你想象得丰富，不像你和雪梅当年的故事，你完全可以再写本书，比你的小说《花祭》更精彩。"阿文叫红儿说，红儿卖关子，吊他的胃口，不说。阿文知道红儿这个女人，什么事到她那儿就添油加醋，五彩缤纷，她能说且会说，黑山没有她不知道的事。她和雪梅是好姊妹，长得很像雪梅，和雪梅一样漂亮，就是少了点儿雪梅那种纯真和善良，但她也是热心肠的人，莞生就是找到她后才来黑山定居的。莞生叫她干妈。

阿文不想过多想这些事，他想知道梅园酒店后来怎么样了。月桂说，酒店经营不下去，民政局研究决定拍卖梅园酒店，但她坚决不同意，说捐赠人捐赠时有协议，明文规定受捐方一旦改变或者另行处置梅园酒店，捐赠人有权收回梅园酒店。阿文插话问道："当时协议有这条吗？"月桂说："有的，是你和王局长敲定的啊。幸好我保存了那份协定，要不然啊，全没了。这事讨论研究了好几次，最后在我的坚持下把酒店收回了。后来莞生来了，我把酒店拍卖了，钱全部给了莞生。那时我到处找你，想听听你的意见，可找不到你。我那时候急啊，没一个人能帮我，也不知道这样做对不对，是不是违背了你的意愿。我知道，这是雪梅赠送给你的，是她的情意，我全部给了她儿子，雪梅不会怨恨我的，只是对不起你，没得到你的意见就这样办了。先生，你不会记恨我吧？"

阿文听了梅园酒店最后的结局，不胜感慨，他没有回答月桂的询问，而是对月桂刮目相看。当时他叫月桂代自己当总经理管理梅园酒店,她第一次对梅园酒店全体员工训话时的做派，他就知道这个从农村出来的女子不简单。现在看来，当初自己没看错人。

月桂见他不说话，又说："为了梅园酒店我可倒了大霉，我的老公骂我，说我吃里扒外，到手的钱不要，为此我们的关系很不好了，他在外面找了其他女人。我知道，我也懒得管他，也没心思去管他那些龌龊事，我只想养好女儿阿芳和儿子阿园，其他的什么都不想。另外，局里对我也有意见，明升暗降，把我调到局工会当副主任，虽是副处级，却是有职无权，闲人一个。这个我更不在意，人无千日好，花无百日红，也好，省心。你看，这几年下来，省心是省心，可就是长了一身的肉。先生，你看……"

说着，月桂拿起阿文的手往自己胸前按，她想和阿文再来一次。阿文知道她的心思，早上他们同床共枕时，看过了她的身体。胖是胖了，但感觉月桂比以前更性感了。

月桂把他的手往衣服里面塞。这时，莞生在门外敲门叫他们去吃饭。

往事如烟，雪梅苦心经营的梅园酒店不存在了，梅园酒店成了黑山人的一个记忆，更准确地说是阿文这一生永远忘不了的记忆。阿文想，如果雪梅还活着，她会怎样处置梅园酒店呢？当然，如果雪梅还活着，她有可能像红儿如今一样守着梅园酒店，喜怒哀乐尽在其中。有酒店在，就会生发出许许多多悲欢离合的故事。雪梅不死，阿文他绝对不会去海南，他和雪梅又会是怎样的情况呢？有一点是清晰的，那就是陈莞生不可能来黑山建梅园国际大酒店。陈莞生在他亲爹去世后，知道雪梅是他的亲娘，他肯定会来黑山寻母，或许会把雪梅接去香港，或者去英国。

…………

晚上，月桂散会后又过来陪阿文吃晚饭。阿文的回归，将月桂这二十年来漂泊不定的心重新唤起了希望，她想旧梦重圆。月桂是有这个心思的。当年她毫不犹豫地把自己给了阿文，为他生下孩子，并非一时的冲动。尽管当时只有十七八岁。作为一个乡下进城打工的女孩子，要想改变命运，除了婚姻，没有其他更好的出路。

月桂喝了好些酒，很兴奋，一脸红光，眉飞色舞。她悄悄地跟阿文说要留下来陪他过夜，不回去了，阿文坚决不同意。不是阿文做不得那事了，也不是对月桂有了厌倦之意，而是他刚回来，两眼一抹黑，不知道黑山现在的真实情况，更不知道月桂和她丈夫到底怎么样了，万一五大三粗的沈老板举着黑山牌矿泉水瓶打上门来，双方都不好看。

月桂在阿芳的搀扶下回去了，莞生开车送她们回去。阿文知道，月桂心里肯定不乐意。

三

阿文原先打算回黑山看看情况就回海口的，没计划在黑山长期待下去。离开二十年，似乎不适应黑山的生活了。尽管日子过得四平八稳，无忧无虑，但感觉就像是一潭死水，少了波澜，还是有风有雨的海岛具有挑战性，能让人激发斗志。同时，海口那边还有好些事，新创作的长篇小说《海口之夜》虽说已准备印制出版，但总觉得结尾部分还得改改，似乎小说的结尾力量不足，给人回味的东西不多。

自从回黑山后，情况有了变化，这变化有自己的，更多的是来自莞生，特别是月桂和自己的女儿阿芳。莞生为他精心布置的书房对他来说很有吸引力，条件很好，书籍齐全，环境优渥，吃喝不愁，是做学问的地方，进入书房就挪不动脚了。对于女儿阿芳，他感到内疚，自己真的对不起她，二十年没关心过。好在阿芳自己争气，自尊自爱，不需要人管教，对于这点儿他深感欣慰。要知道，像阿芳这种背景的漂亮女孩，既是私生女又生活在组合家庭，走上社会十有八九都堕落了：

沉溺红尘，玩世不恭，自暴自弃，像开始的雪梅；抑或怨天怨地，自我封闭，甚至自戕，像后来的雪梅。他感到自己后半辈子得为阿芳做点儿什么，弥补二十年来对阿芳的亏欠。想到阿芳，他想到了自己的儿子文子，那个从小不爱读书要当警察的小家伙也不知怎样了？昨天和月桂交谈时，几次想问问月桂知不知道文子和他妈妈的情况，可月桂正悲喜交集，他忍住没问。月桂当初是知道文子和他妈妈的，曾经还劝自己把文子带在身边，说自己的亲骨肉怎么能不管呢？当时他是想管，可那时他停薪留职做自由撰稿人，饥一顿饱一顿的，生活无着落，也无能力管，更重要的是文子的妈妈不要他管。他老婆对他彻底失望，一心把儿子当精神支柱，怕文子被他这个浪荡文人带坏了。

当然，阿文不想再次离开黑山，还有一个原因，他感到自己老了，是月桂说的快六十岁的人了，也不想再"海漂"下去。

阿文跟莞生和阿芳说了，自己这几天要闭门改稿，除了他们两个，任何人不要来打扰，包括月桂，就说回海口处理事情去了。

莞生和阿芳满口答应，这也是他们的希望，他们就怕一不留神阿文一溜烟又跑回海口，那他们就前功尽弃了。

阿文和海口那边的出版社总编通了电话，表明了要修改结尾推迟开印的想法。那主编听了哈哈大笑，说作家就是严谨，其实现在的结尾还是可以的，能改就更好了，同意他的想法，但只给他半个月的时间，因为他的长篇小说已经纳入了两个月后的全国书展，广告牌都做好了。阿文在电话里骂主编是催命鬼。

阿文说这话时想到了原来黑山市文艺出版社的阮辞章主编,当年他也说阮辞章是催命鬼。阿文知道,出版社的主编都这德行。可惜阮辞章老先生过世了,要不然得把他接过来好好喝几盅,感谢他当年培养了自己。想到阮辞章,便想起阮辞章背诵鲁褒的《钱神论》时的神态来。老先生一辈子终是没研究透《钱神论》,自己也是被钱弄得晕头转向,世人更是如此这般。

在阿文闭门改稿的那几天里,月桂来过几次,她不太相信莞生和阿芳说的话,怀疑阿文是不是嫌弃自己了,或者阿文在海口有了新家庭,但女儿的话又不得不信,阿芳从不撒谎的。同时,她这几天也没有好心情,更可谓是焦头烂额。她的老板丈夫和他"黑山矿泉水"的公关部女孩又闹出了名堂。最大的名堂是那女孩怀孕了,而且跑上门和她谈以后的事。月桂很佩服这女孩的胆量,竟敢亲自上门来说。想当年自己和阿文未婚先孕,自己是又喜又怕,惶惶不可终日,哪敢对外人说啊!现在的年轻人就是不一样,没有羞耻感,似乎这是光明正大的事,理直气壮。月桂对于这件事很纠结,按照自己现在的身份和地位,她会把这女孩一顿臭骂赶出去,并和丈夫离婚,可一想过去的自己,她也同情和理解这走投无路的女孩,更何况这不是她一个人的错。离还是不离?她一时拿不定主意。她想,难道是丈夫知道阿文回来了,才这么大胆让女孩上门来?他知道她和阿文的故事,也知道阿芳是她和阿文的。月桂又想,不可能啊,阿文回来没几天,许多人都不知道,他怎么会知道呢?何况女孩怀孕几个月了，肚子有点显怀了，肯定是纸包不住火了，他们才如此这般。

月桂现在成熟多了，不像以前那么任性。当然，这里说的以前是月桂当市局领导之前。那年，她知道丈夫和公关女孩在宾馆被抓个正着后，气得像只发疯的母狼，和丈夫大吵数日，而且以割腕相威胁，左手腕拉了一道口子，鲜血像喷泉一样喷涌而出。她丈夫吓得赶紧施救，同时收手收心，辞退了那女孩。月桂以为此事到此为止，没想到他们旧情复燃，竟然怀孕了，而且上门说事。月桂知道，那女孩是铁了心了，自己再割一次腕也没有用。她想起了一句话：是你的就是你的，不是你的强求不来。罢罢罢，随他去了。

月桂想好了，只要丈夫说离婚绝不反对。月桂有这个打算并非因为阿文回来了。她知道阿文不会再婚的，他和他的妻子夏莉的夫妻关系虽说名存实亡，但夏莉是绝对不会同意离婚的，要离早就离了。夏莉早就放了话，就是要拖死阿文，不能让他阴谋得逞，除非她死了。夏莉对以前的阿文很失望，更对他和雪梅耿耿于怀。女人一旦发了誓，那是很可怕的，十头牛都拉不回来。

在月桂为后院起火正忙得焦头烂额之时，阿文在梅园国际大酒店二十三层同样忙得焦头烂额。他为小说的结尾想破了脑壳，写了十几个结尾都不满意。眼看半个月的时限快到了，阿文很是着急。他后悔自己没有回海口，回去有可能会找到灵感。而在这条件优越的大酒店，在黑山，心里却很难平静，你不想以前的事和人都不行。思绪稍微一打开，二十年前的人和事就像闪电似的突然从天而降，噼里啪啦，电闪雷鸣，躲都躲不开，一阵风来一阵雨，风风雨雨打心头。

阿文笑自己，自己就是贱命，只能在破草屋里写东西。

这天夜里，阿文破例见了一个人，一个女人，这个女人就是莞生的干妈——红儿。他们谈了很长时间。红儿走后，阿文突然想到了小说的一个结尾，那就是把现在近三千字的结尾全部砍掉，弄个不是结尾的结尾。他想：怎么会有结尾呢？世上什么事都没有结局，只是以不同形式呈现罢了。如白天和黑夜，是二十四小时轮流翻转的黑白两块，黑白交接处，严丝合缝。太阳升起，月儿落下，经年累月，无休无止。又如雨水，从天而降，看似消失在地下了，但雨水消失了吗？湮灭了吗？没有。它渗进地里，融入暗河，然后随着水流汇入大海。即使进入大海也没终止，它升腾为水蒸气、又成为雨，进入下一轮的循环。自然界如此，人世间更是如此。雪梅死了，她儿子莞生来了。红儿二十年没见，她又出现了。自己走后，月桂成了别人的妻子；自己一来，又有了性关系。这结束了吗？

阿文想到这个结尾，很兴奋，自叹是神来之笔。一看时间，凌晨两点，他估计出版社的主编可能没睡。拨通电话，主编果然没睡，正在大排档和文学女青年吃烧烤、喝啤酒。主编一听，愣了一会儿，然后大赞，说好！主编又说："当初我也是这么想的，就是怕你舍不得三千字的稿费，英雄所见略同啊！"主编不失时机地也把自己表扬一下，阿文听了哈哈大笑。

结尾的事就这样定了，可阿文还是睡不着，小说的事不想了，红儿说的事让他一夜难眠。

第二天是星期六，一大早月桂就来了。她没和莞生和阿芳打招呼，径直上到二十三层，猛敲阿文的门。她预计阿文没回海口，而是躲着写东西。他以前总是这样的，有意玩失踪。半个月了，他应该写完了，所以不请自来，把门敲得直响。

阿文睡了不到两个小时。门敲得急，他很不情愿起来开门，见是月桂，就让她进来了，自己又上床在被子里窝着。

月桂进来先去拉开窗帘，又打开一扇窗子，说道："满屋子是烟，你熏猫仔老鼠啊？你要熏出病来的，不得癌症才怪。"月桂看了一眼阿文接着说："先生这半个月干啥了？人瘦了一圈，眼圈都是黑的。"

阿文靠在床上冲着月桂笑，他不说改稿的事，而是说："你这也猜不着？天天会女人啊，累死。我走了二十年，黑山的女人都想我呢，就像你，一见面就拉我上床，我能不瘦吗？"

月桂一边收拾桌上、茶几上的东西，一边扭头朝阿文撇嘴，说："德行！只有我贱，谁还喜欢你这个糟老头子？"

阿文向月桂招招手，月桂以为他要和自己温存，忙去关门关窗户，又去卫生间净手，然后脱掉羽绒服上床和阿文并排靠在床上。

阿文拿起月桂的左手看手腕，果然看到手腕上有一条像蚯蚓一样的疤痕。他说："你这是何苦来的？"

月桂说："你见红儿了？她说了些什么？"

月桂知道只有红儿知道她家庭的事，知道她割过手腕。

阿文抚摸月桂的手腕，不正面回答她的话，而是说："都是我害了你……"阿文说出这话，声音就哽咽了，眼泪汪汪的。月桂忙搂住他，说："先生，先生，不是你的错，我就是这个命。"月桂忍不住，也抽泣起来。月桂一边流泪，一边把手伸进阿文的被窝里。这时，有人敲门。

月桂慌忙下床，擦了擦眼睛打开门，一看是阿芳提着早点。阿芳一见她妈，很惊愕。月桂先声夺人，说："臭丫头，你们合起伙来欺骗老娘，你爸回海南了吗？"

阿芳嘿嘿直笑，说："妈别怪我，是爸，他要写东西，不想别人打扰，不信您问我爸。"

阿文已经下床了，正在穿衣服，他说："是我叫他们不要说的，你别怪他们。"

月桂故意还装着生气，说："好啊，父女相认没几天就合着伙欺负我来了，我活着还有什么劲儿？"

阿文还想解释，月桂自己笑了，她又说："好，现在有丫头管你，免得我操闲心。"

阿文听了也笑，连忙去卫生间洗漱。他出来时，阿芳把早点摆好了，还是小笼包和小面窝，阿文就喜欢吃这个。

月桂和阿芳在一旁看着阿文狼吞虎咽，不时叫他吃慢点儿，一家人其乐融融。

等阿文吃过早点，月桂要走，说家里有事，阿芳忙说："妈，我和莞生约好了，今天陪爸出去玩，您不去吗？"

月桂说："你们去吧，开心点，我真有事。"

月桂走了。她今天本来是想和阿文说自己离婚的事的，她的丈夫昨天通知她今天九点去办离婚手续，但她看见阿文这段时间劳心伤神瘦了，就不跟他说这事了，免得他又为自己担心。再说，和他说自己的事也未必有什么结果。

月桂开车到婚姻登记处，她的丈夫，那个卖矿泉水的早就在门口等着了，只是那个上门讨要说法的怀孕小姐不在。或许是矿泉水老板心中有愧，或许是他怕月桂不肯离婚，财产分割他只要矿泉水生产厂，其他的什么都不要，包括儿子、住房和银行存款。存款都在月桂手上，有一百多万。月桂以为他会要儿子的，没想到他没说。她知道，他就是要儿子也没用，沈园上高中，已长大了，不用人管了，就是他要，儿子也不见得愿意跟他。

很简单地办完了手续，就像去火车站售票机前买了张单程车票。从婚姻登记处出来，月桂感到一阵阵寒风向她袭来，浑身冷得发抖。拉开车门前，抬头看了看就要下雪的灰蒙蒙的天空，心想：转了一圈，自己又回到了原点，只是多了个儿子。

在阿文改稿和月桂离婚的这段时间里，黑山出了件大事。原市人大常委会王副主任，也就是和阿文签字接收梅园酒店的民政局王局长出事了，正在接受组织调查。

阿文听说后也是唏嘘了一阵子。他最关心的还是月桂。因为月桂跟他说过，雪梅的梅园酒店能够收回拍卖，最后还是王主任出面才解决了问题。

四

阿文回黑山快一个月了，除了莞生、阿芳、月桂、红儿，还有那个十八层的周易大师杨美中，再也没有和黑山的其他人接触，除了为《海口之夜》的结尾伤了些脑子，小日子过得很滋润。看看书，喝喝茶，一日三餐都是阿芳安排，或女儿亲自送来，或叫四楼小餐厅送上来，四菜两汤，荤素搭配，酒随便喝，烟随便抽。酒是一百二十元一瓶的高度酒"黄鹤楼"，烟是四十五元一盒的硬壳烟"黄鹤楼"。阿文就是喜欢"汉酒汉烟"，他在海南一直保持着这个爱好。在梅园国际大酒店，他是贵宾中的贵宾。莞生说了，在酒店随阿文来，消费签字也行，不签也行，一切记在他的名下，统统由他搞定。他说："您老能消费多少呢？不抵我招待客户一次消费啦！"

阿文知道，莞生每天花钱如流水。

这日，吃过早餐，阿文觉得无聊，想起往日黑山文化圈的朋友来。那天除了月桂说她老公的"黑山矿泉水"的广告词是"伍本报"伍建军写的，知道"伍本报"后来调到市委宣传部当副部长之外，其他的人都不清楚了。原来的"黑山八大怪"，诗人江一冰"江诗外"，报告文学家孟敬轩"孟十块"，"长毛画家"李奇，"贾散文"贾甄，"跑得快"记者尚斌，还有"老鸹"律师张包，现在应该都在。二十年前，八个人年纪相当，都是三十来岁的小伙子。想到这些人，他特想见见。于是，他拨通莞生办公室的电话，叫他上来一下，莞生说："OK，马上到啦！"

在莞生没来之前，他在手机里找出他们七个人的手机号码，找到一个就抄在纸上。莞生来后，他递给莞生七个人的电话号码，对他说："这些人都是我二十年前的文朋诗友，都是黑山的名人，我想晚上请他们聚一聚，你叫你手下通知他们。"

莞生一听很高兴，说："文叔叔，您早该这样啦，整天待在家里那哪行啊，这些名人我请都请不到的哩！好，我来安排。"

阿文说："通知时不要说是我请他们，给他们一个惊喜，理由你自己找。可能有些人的手机号码变了，你可……"

莞生打断他的话，说："大作家管这些小事干吗呢，那要我们年轻仔干吗用啰？您放心，我就是把黑山翻个底朝天，也会把他们一个个请来的哪！"

莞生走后，阿文觉得没事干了，他就拨通杨美中的手机，请他上来一叙，杨先生答应了。一会儿，杨大师推门进来，他一收黑折扇，向阿文拱拱手，说："文老师，我正想你呢，想什么来什么，你就来电话了。嘿嘿，咱们是不是心有灵犀一点通啊？"

阿文不回答他的话，而是说："我请你来干什么？你算算看。"

杨美中从架在鼻梁上的眼镜框上面眨巴着眼珠子看阿文，又扫了一眼房间，看见阿文坐在沙发上喝茶，给自己的茶也倒好了，没看出什么特别的地方。他说："唔——这我得好好算推算，文老师有请，定是有大事商议。"他仰着头，右手甩开黑折扇轻轻扇风，左手大拇指点着四个指头，装模作样地做推算的样子。阿文也不说话，随他装神弄鬼。过了一会儿，杨大师自言自语说："婚姻？六爻没动嘛。钱财？文老师不在乎这个，肯定不会要我预测。官运？文先生日落西山，这辈子无官运啰！下辈子不错，一人之下，万人之上，官至一品，朝廷行走，名扬朝野，光宗耀祖，无人可及啊！哦，对了，文老师，前几天生意寡淡，我给你算了一卦，二十年前你要是不离开组织，三五年你可当副局长……"

阿文笑了，知道他在故弄玄虚，说："坐。净扯没用的糊弄我，你快算我今天请你上来干吗？"

杨美中坐下又摇头晃脑地说："嗯，世上本无事，庸人自扰之。要想清闲处，梅园花丛中。算出来了，文先生是请我陪你喝茶聊天。"

阿文又笑："哈哈，算对了一半。"

杨大师也笑，说："我就知道文先生戏弄我，我那玩意儿就是糊弄人的，不可当真，哈哈哈！"

阿文说："大师，我真不是戏弄你，我是想请你说说当时为什么把梅园国际大酒店选到这里的？这里面肯定有说辞。"

阿文记得第一次和杨美中见面，他说过市政府大楼和梅园国际大酒店的向址是他选定的，这些时日就总在想这个问题。

杨美中一听是这事，顿时轻松好过了，他端起茶杯抿了一口，又接过阿文递过来的烟点燃，吸了一大口，吐出烟雾说："这个嘛，当然是有说道的，只是天机不可泄露，我不能跟你说个清楚明白，要不然我吃什么？"

阿文知道他又在卖关子，于是从茶几下拿出一条"黄鹤楼"牌香烟递给他，说："我不抢你的饭碗，我也吃不了这碗饭，只是感兴趣而已。"

杨美中又笑，说："文老师如果涉足我这界儿，老夫真的要卷铺盖回家啰！"他笑停后又问："文老师相信风水不？"

阿文说："风水我信，但我不信算命那套，那是心灵鸡汤。"

"对，对，对，算命的就是安慰安慰人罢了。就说这梅园国际大酒店吧，黑山第一风水宝地，招财进宝的旺地。"

阿文很惊讶，说："哦——这是何道理？"

杨美中不回答为什么，而是说："文老师不知道，当年我早就看中了这块风水宝地，我是没钱，要不然我就是这个酒店的老板了。你知道这块地是什么位置吗？太极图你知道的，阴阳鱼，这里就是双鱼的一只眼，另一只眼是黑峦峰。"说到这儿，杨美中站起来走到窗前对阿文说："你来看。"阿文就起来走到窗前，杨美中拉开一层玻璃窗，外面一层玻璃有雾，他用手擦擦，还是不太清晰，他用纸巾擦，玻璃上划得一道一道的，他干脆拉开外层玻璃窗，这时小小的雪花飘进来，很冷。他用手上的黑折扇指着远处的黑峦峰说："黑峦峰是黑眼，大酒店是白眼，两眼相对，阴阳双生，一切都围着它们转，风水宝地啊！"

阿文看见黑峦峰像根黑棍杵在那里，风雪中朦朦胧胧的，还能看到黑峦峰的大致轮廓。阿文想，既然这儿是风水宝地，为什么不能做行政办公楼呢？古人千里求官只为财，这不是很好吗？

他想问杨美中这个问题，杨美中却说："当时，陈老板找到我，我就说了此地旺财，但大酒店只能盖到二十三层，多一层都不行，当时陈老板是想盖三十六层的。"

阿文被杨美中说得一愣一愣的，没想到这里面有这么多名堂。他问："为什么不能超过二十三层呢？"

杨美中关了窗户，返回来坐下，说："凡事都有定数的，否极泰来，欲速则不达，这个文先生是懂的。"

阿文想起来了，黑峦峰顶上为什么不能建塔，十建九垮，只能建低矮的庙宇，而且只能是庵堂。和尚住庙则人死庙毁，只有尼姑住庵才香火兴旺，想必也是阴阳相生相克，有其定数。

他不再问，而是问另外一个问题，他说："你给莞生看向址得了多少钱啊？"

杨美中嘿嘿直笑，说："黑山有些堪舆家也知道这儿是风水地，但关键在于能否准确找到鱼眼，选偏了那风水是不一样的。这就像你们做文章，有没有文眼，文章的高低全在这儿，万事同理啊！"他说了又笑，说："多少钱？这是商业机密，不过也瞒不过你的，我在酒店的房子不收租金，水电费全免，一订十年，这就是报酬。"

阿文心里一默算，乖乖，一年十来万啊！

阿文和杨美中谈了整整一个上午。杨美中能说，说了许多他看风水的典型事例，说得潜涎喷水，津津有味，阿文也听得津津有味。当然，他知道杨美中说的掺了许多水分，夸大其词，或者是把别人的当成自己的。算命的嘛，要的就是嘴皮子功夫。中午，阿芳送饭菜过来他才停嘴。阿文见阿芳只拿来他一个人吃的，就叫阿芳再去拿几个菜，叫杨美中一起吃饭并喝两盅。杨美中还故意装客气推辞，说中午有饭局。阿文笑他说："饭个屁！有局这个时候人家还不打电话催你这个大师啊？"杨美中不再说了，拿起筷子夹起一块红烧肉往嘴里一塞，叽里咕噜地说："还是文老师好命，衣食无忧，幸福啊！"

阿芳叫人送来一个青椒炖小河鱼火锅，又加了三盘炒菜，一盘爆炒猪腰子，一盘黑木耳炒肉，一盘爆炒黄鳝，这些都是阿文喜欢吃的菜。不过，他中午和杨美中没喝多少酒，因为晚上有约，得留点量。杨美中听说要他晚上也参加，也只好忍着只喝了几杯。别看杨美中年纪比阿文大，酒量也是很大的，一餐半斤八两不成问题，而且两餐可以接着喝。杨美中说他以前早上也是要喝酒的，热干面下白酒，一小瓶，二两半。现在年纪大了，早上就不喝了，一日两餐是不能少的。

杨美中对阿文说过，他自己的五行中，一生有五千斤酒，十头猪牛羊，只是钱少，上无片瓦，下无立足之地，只能鼓舌摇簧走江湖，打卦算命过日子。他又说本来命很好的，前世是读书人，重新投胎时，本应该投到官宦之家，可是酒醉未醒，坠地之时稀里糊涂偏了方向，投错了胎，投到了官宦人家豪门巨室旁边树下算命人的身上，那个醉酒冻死了的算命人死时怀里还抱着胡琴。于是，自己就成了算命先生的命。杨美中感叹道："兄弟啊，一墙之隔，命运相差千万里哩！"

　　阿文知道他是笑谈，但也觉得人的命运似乎也有什么东西在冥冥之中操纵，说不清楚的。而自己呢？是不是酒醉之后投到了古代大文人身上，是叫高力士脱靴的李白，还是"奉旨填词"的花间派词人柳永？或者是别的什么人，比如《红楼梦》作者曹雪芹，《二十年目睹之怪现状》作者吴趼人？但肯定不是杜甫，也不是苏轼。因为自己不像杜甫晚年那么穷困潦倒，最后病死在湘江的船上；也不像苏轼，屡次遭贬，命运多舛。自己"海漂"二十年还是一介布衣，目前衣食无忧，可谁知这片浮云哪一天会不会烟消云散？当然，自己有工资，退休后有养老金，自己管自己是没有问题的。

　　杨美中走后，阿文躺在床上浮想联翩，后来酒劲儿上头，稀里糊涂睡着了，还做了个稀奇古怪的梦，梦中自己和红儿结婚了。

　　阿文在梦中感到很奇怪，自己怎么会跟红儿结婚呢？要结婚也不是红儿啊，跟月桂或许有可能。对红儿没有一点儿感觉，甚至有点厌恶她。

　　阿文做梦有意思，经常是梦中有梦，这个梦和那个梦唱对台戏，就像戏剧中红脸和黑脸两个角色对演。像做这样的梦一般不愿醒来，醒来也要回味大半天。在梦中，红儿穿一身红色的婚纱，丰满的胸脯高挺，像未嫁人的大姑娘。婚礼进行曲响起，红儿像箭一样向自己跑来，抱着就不撒手，像铁丝箍水桶一样抱得紧紧的，箍得他腰痛，吐不出气来。婚礼场面很大，很隆重，来了很多人，二十年前和雪梅交往时的人都来了。父母、老婆、文子、阿春、莞生、阿芳，市人大常委会王副主任、副市长梅哲仁、征稽处高处长、副处长祝胖子，史志办主任曾亮，纪委副书记郝铁山，公安局局长朱剑英、崔大队，鸡公山风景区镇长、镇长情人，文化站站长，派出所胡所长、误查他和曾亮的警察，检察院反贪局科长钱军，天湖镇钱书记、镇长，县医院刘院长，日报记者余未、晚报记者沈力，还有龙岩村小学袁校长和十来个手捧野花的小学生，龙岩村支书、村主任。"黑山八大怪"全部到齐，江一冰、孟敬轩、李奇、伍本报、贾甄、尚斌、张包，海口出版社的主编，黑山文艺出版社主编阮辞章，莞生的亲爹老朱，雪梅的娘和两个哥哥，黑山矿泉水的沈老板，做梅洁小学工程的长水，修龙岩村公路的阿炳，水泥厂工人陈实，小桥餐馆朱大嫂，包括死对头牛大强、牛三等百十来人。婚礼进行到一半，他正和红儿相拥喝交杯酒，老阿婆拄着拐杖颤巍巍地走近自己，嘴里说着常说的话："阿文是个害人精啦！"这时，雪梅一身白纱像仙女一般从天而降，一边飘，一边喊着："文哥，文哥，我要你！"转瞬即逝，像夜莺一样"啾啾啾"地叫着，飞走了。紧接着，月桂披头散发冲进来，左手腕滴着鲜血，右手拿把锃亮的菜刀向他砍来……

阿文从梦中惊醒，吓出了一身大汗，而且发现自己遗精了。这时，莞生开门进来，对他说："文叔叔，您的客人都到了。"

下楼的时候，阿文还在想刚才做的梦。心里想：难道自己和红儿将有故事发生？

五

在四楼 40888 大包间，阿文和其他"黑山八大怪"的成员见了面，他们几个人互相见了都大吃一惊，拥抱的，用拳打肩膀的，用劲握手不放的，一阵子热闹。只有张包站在人群后，表情有些尴尬，笑容不那么自然。而尚斌表现突出，抱着阿文竟然流泪，他说："文哥，我以为你死了呢，这辈子见不着了……"阿文知道，二十年前尚斌跟他关系最好，那年他被牛三当街在手臂上砍了一刀，如若不是尚斌及时进行电视报道，自己在黑山的名气就没那么大了。

坐定之后，阿文发现他们七人都有些显老了，头发都已是黑白相间。画家李奇还是齐肩长发，发中白多黑少，可能是烫过，头发上卷，很有点风流倜傥、狂放不羁的画家形象。他问起对面坐着的李奇，在一旁的尚斌说："李奇现在红破了天，中国美术协会会员，又是省展又是国展，钱多得不得了，一平方尺十万，他的画室二百平方米，裸体模特争着去，他看不中的还进不了门。"李奇听了笑，举起杯向阿文敬酒，喝后说：

"只那样，就那样。"

阿文说："好啊，李奇给我干儿子的大酒店画一幅，我来后就没看到你的一幅画啊，要留下墨宝嘛。"

站着的莞生马上端酒走过去敬李奇的酒，说："对对对，请大师画一幅啦，我把一楼大厅一面墙壁留给你啦。"

阿文接着说："没有润笔费的哦，友情支持，陈老板是我的干儿子，你们知道他是谁吗？"阿文见他们疑惑，说，"他是雪梅的亲生儿子。"

他们听了都睁着惊讶的大眼睛，朝莞生看，齐声"哦——"了一声。李奇说："是这样子啊？行！冲着以前雪梅对我们好，特别是对阿文好，这画我画了！再画一幅《梅花笑雪》，一分钱不要，阿文，怎么样？"

阿文没开口，只是对着李奇伸出大拇指，他知道自己住房的那幅《梅花笑雪》是李奇以前画的，至于雪梅给了他多少钱，雪梅没说，估计不多，当年李奇仅仅在黑山有些名气。

阿文问伍本报："本报先生还在报社？"

尚斌说："早就高升了，你在黑山一消失，他就闪亮登场，调到市委宣传部当副部长了，现在在政协，副厅级，咱们八人中他官最大。"

伍本报笑，说："什么官，靠个副厅级，没权的，还是长毛、张包他们实惠，有钱又自由。"

"还当律师？"阿文看着张包问，张包嘿嘿直笑。阿文又扭头去问贾甄和孟敬轩："你们还在写吗？"

孟敬轩说："早搁笔了，老贾也多年没写了，没劲，没得灵感。"

后来，阿文知道贾甄因为一篇写老板的报告文学失真，影响不好，老板不给钱不说，还把他告上法院，状告他名誉权侵权，最后还是张包左右斡旋才平了是非，从此搁笔不干了。

阿文说："现在散文蛮红火的嘛，放弃可惜了，你的文笔不错的。"

孟敬轩笑着摇头。

阿文又问尚斌："你呢？每天还扛着机子到处跑？"

尚斌说："只有我最没出息，没当官，没名气，没搞到钱，现在靠个副科，在局工会当副科长，混日子。"

贾甄说："你比我强，逍遥快活，不管咋样，你女人……"贾甄一看阿芳在场就不说了。

阿文听出来了，说："是吗？那也不错。"

贾甄说："那是，他现在是阿文第二，黑山花魁呢！"

阿文发现伍本报坐在那里不说话，很老成的样子，不主动喝酒，别人不敬他就不端杯，更不下桌，慢条斯理地吃菜，微笑着看别人闹酒。以前他是很善谈的，幽默风趣，遇到朋友，只要你肯听，一个人能说个大半天不停嘴，现在身份变了，性格也不同了。记得第一次带他去雪梅那里喝酒，他一开口就要做媒，跟雪梅说阿文如何如何，值得雪梅爱，要抓紧爱之类的话，要不是雪梅喜欢阿文，知道文人墨客喜欢调侃，一般的人是不会第一次见面就开这样的玩笑的。阿文看见伍

044

本报一本正经的做派，不由得感叹这些年的工作和身份将他变成了另一个人。阿文又想起在海口时，一个刚刚退下来的文联主席说的话，过去上去了是学说话，现在退下来了要学不说话。想想真有道理。

在座的还有一个不爱说话，那就是诗人江一冰。江一冰平常就是这样子，不管在什么场合只听不说，也没什么表情，显得很神秘，初次见面倘若别人不介绍，根本不会认为他是诗人。知道他的人知道，他也不是装深沉、装清高，而是觉得夸夸其谈的人讲的都是废话。一旦他朗诵他的诗作，乖乖，那就叫一个火山爆发，喷涌而出，激情四射，手舞足蹈间犹入无人之境与天地对话。二十年前，有一次在梅园酒店聚会，副市长梅哲仁也在场，轮到江一冰，他念他的新作《黑山啊，你快些亮起来》，竟然跪在餐桌上大声朗诵，情绪激动，整个人在颤抖，一桌的碗碟跟着颤抖，丁零当啷像地震。阿文担心梅哲仁不适应，没想到梅哲仁带头叫好。也就是从那次，感觉梅哲仁也是喜欢文学的，最后梅哲仁听从雪梅的要求把自己调到文联，恐怕也少不了文人情怀中惺惺相惜的成分。

江一冰这些年写得不错，很用功，连续两届获得省"屈子诗歌节"大奖赛金奖。"屈子诗歌节"号称"小鲁奖"，竞争很激烈。去年获奖的是他的一组长诗《黑山之歌》，洋洋洒洒近千行，轰动省城。市政府为此特别奖励他三万元，授予"黑山优秀诗人"称号，褒奖他为黑山文学创作所做的一切贡献。

阿文想起刚才尚斌介绍伍本报现在在政协，就对伍本报说："伍领导，你把我干儿子弄个政协委员当当嘛。"

伍本报一听，微笑着，稍微想了一会儿说："唔，这个可以。陈老板是港商，又是民营大老板，人又年轻，可以考虑的。"

尚斌说："不是可以考虑的，而是赶快增补，像陈老板这样的大老板，黑山有几个？他不当委员谁能当啊？当个常委都合格。"

尚斌大概是喝了一些酒，胆子大了起来，说话很直。

张包接话说："就是，就是，不是我说，老板我见得多了，泥沙俱下，有的就是个骗子加流氓，差得一塌糊涂。陈老板可以，不说是雪梅的儿子、阿文的干儿子，陈老板自己就很优秀，人家在英国留学，经商，素质很高，真是个人才。"

阿文发现张包刚才跟莞生叽里咕噜说半天，原来是在摸莞生的情况，套近乎，估计是想当梅园国际大酒店的法律顾问，此时正好就汤下面，做了顺水人情。

莞生听了就端着杯子走到伍本报的身边，说："伍叔叔，敬您一杯酒啦。"

伍本报也站了起来，这是破天荒的动作，别人敬他酒他从来是不起身的。他知道莞生的心意，说："他们说得对，是我们没注意到你，工作失误。好侄侄，好好干，前途无量啊！"

阿文知道伍本报这是有意推荐莞生当政协委员了。莞生刚敬完伍本报的酒，坐在一旁半天没开口的杨美中赶紧走过去，也给伍本报敬酒，并把每天不离眼的墨镜取了下来，躬身对伍本报说："领导有空请到我的研究会指导工作。"

伍本报不认识杨美中，他笑着问："老先生是……"

阿文赶紧向大家介绍说："这位是周易大师，冇结果，杨美中老先生是打卦算命的高人，市政府大楼就是请他看的向址。"

伍本报"哦"了一声，又说："失敬失敬。"说着便把一杯酒倒进嘴里，而且扬杯底给杨美中看。杨美中捧杯还礼，眼睛又朝服务员看，还想斟酒再敬。这时，张包对杨美中喊道："大师莫巴结他了，你当不了委员，年纪大的他们不要。"

杨美中说："老朽了，如果重回二十年前认识伍领导，老夫还真想当一届的，光宗耀祖啊！"

大伙听了都大笑，笑后一时找不到话题，场子就有些冷了。

莞生对阿文说："干爸，不要光说话不喝的啦。"

阿文说："对对对，喝酒，待会儿我们上楼去吹，二十年了，恍若隔世啊！"

接下来伍本报冷了场，大家都来敬阿文的酒，这也是伍本报正希望的事，他真不想多喝酒，今日算是喝得多的。进入新一轮热闹，大伙开始用小杯，后来起兴用大杯，一口一杯。阿文寡不敌众，喝了不少的酒。他每喝一杯，阿芳在一旁就皱眉头，着急相，拉他的手臂，拉都拉不住。要不是阿芳趁乱给他两杯白开水充酒，再就是杨美中从中护着打岔拦一下，阿文这晚真要醉死。

喝了大半天，大家都有了醉意，就不再喝了，同意去阿文的二十三层喝茶吹牛。他们刚走出餐厅，伍本报的手机响了，他"嗯嗯"几声后挂了机，然后对阿文说："阿文，真对不起，我得先走一步，有事，改日再登门拜访。"

阿文说："领导就是忙，晚上也讨不到安宁。"说完想起伍本报和雪梅第一次喝酒时，他也是半中间接了余未的电话谎称报社有事提前走的，难道伍本报和余未还有联系？

伍本报一走，孟敬轩和贾甄也说要走，说酒喝多了，再不回去就难堪了，孟敬轩还做了个要呕吐的样子。阿文知道他俩现在不能算文艺圈子的人了，也不愿在圈子里玩了。阿文看着他们下楼的背影，想到他们当年写文章也是意气风发雄心勃勃，现在心灰意冷，自甘平庸，心里感到悲哀。

在电梯里，阿文问尚斌，报社那个余未在干什么。尚斌知道他想问什么，他说："那丫头接了伍本报的班，好家伙，现在是报界女强人哪，青出于蓝胜于蓝，比伍本报强多了。只可惜现在还是单身。"

阿文"哦"了一声，不再问了。

阿文、尚斌、张包、李奇、江一冰和杨美中在二十三层小会议室坐了。莞生忙去了，阿文叫阿芳回去睡，阿芳不想走，怕他出事，阿文说："好女儿，不要紧的，你老爸走南闯北，什么场合没见过？没事。"阿芳这才走了。

他们几个胡吹乱侃，没主题，想说什么说什么，说的多是男女之事，这个那个的。张包说得最多，说了好几个离婚案，都是他出庭辩护的。尚斌插话说："老鸨子，我听说你和一个打离婚官司的女子有情况，打着打着就打上床了，是不是真的？"

张包说："瞎扯的，没那回事。我六十多了，我比阿文还大五岁，阿文你说是不是？"阿文歪在沙发上点点头。张包又说："人老啰，哪还有那个劲儿？"

尚斌说："胡说，你劲儿大得很呢，人家说你带那女的去打牌，红中赖子杠，金顶一千。你喝多了酒，要那女的替你打，一万元钱往她那儿一丢，说赢了是你的，输了不怪她，有没有这回事？"

张包没回答，醉中露笑。尚斌又说："我没说错吧？你还带那女的去福州，在海边浪漫呢。"

张包一听尚斌全知道，不再隐瞒，支支吾吾地说："浪漫个屁！那是她陪我去福州取证，调查她老公在福州的资产，差点回不来了。妈的，她老公在福州有些势力，叫小混混来找我的麻烦，我是什么人？三下五除二就把他们搞定了。"

听他这么一吹，阿文想起来了，当年张包的儿子醉酒砍伤水泥厂工人陈实被抓曾找到自己，后来雪梅想办法找人从公安局保出来，自己黑了他两千元钱。阿文就问张包："你的儿子现在怎么样？"

张包说："不说这事还好，想起来都是火。老子一辈子都为他操心，像是前世欠了债，没出息，用了老子不少钱，什么也干不了，整日在家待着。好在现在不闹事了，省得老子往外丢钱。"

阿文说："那也不错了，有你这个赚钱的爹，他忙活什么？"

尚斌余兴未尽，还在问张包和那女人的事："那女的是不是你的情况？那女的我认识呢，外号老六，人有点黑，身材还不错。老鸨子，你小心哦，别把老骨头抖散了，那律师就当不成了，哈哈！"尚斌接着对阿文说，"老六她们有'十姊妹'，你有兴趣认识不？我一电话就来。"

阿文笑着说："你也饶了我吧，别把我的老骨头也抖散啰！"

尚斌就不再和阿文开玩笑了，继续对张包穷追不舍。阿文估计张包的那个情况可能和尚斌有染，要不然尚斌不会如此穷追不舍，酒桌上贾甄说他是花魁，看样子有不少的艳事。阿文想：如果尚斌和张包两个人较起真来，很有可能在黑山上演俄罗斯诗人普希金决斗的新版剧情。

阿文酒喝多了，躺在沙发上听他们俩斗嘴。"十姊妹"？好家伙，再差两个就是《红楼梦》的十二金钗了。想着想着就想到自己以前的女人，阿春、月桂、雪梅，还有老婆夏莉，春夏秋冬四枝花，当年在黑山也是一绝呢。

他们正斗得起劲，红儿突然进来了，室内顿时鸦雀无声。他们都不认识红儿，但他们很敏感，马上意识到这女子可能是来找阿文的。尚斌就起身说："走啰，阿文，明日为你接风洗尘，我做东，不要答应别人了，必须的。"

阿文点点头，算是答应了。尚斌这么一说，其他几个也立马起身，知趣地走了。只有杨美中动作迟缓，还站在那里看红儿，眼珠子呆呆的，他可能是被红儿的美貌惊呆了。阿文说："杨大师，再坐会儿？"

杨美中这才醒悟过来，拱拱手，笑着走了。

阿文眯着眼对红儿说："这么晚了还来？有事吗？"

"没有事我就不能来啊？我是来看你醉死没有，醉死了好给你收尸。不是我说你，几十岁的人了，还这么放纵、任性，真不叫人省心。如果雪……"红儿本想说如果雪梅在的话，但怕提起雪梅又惹得他伤感，就急忙收住了话头不说了。

阿文装着艰难的样子直起身来，问："雪？外面下雪了？"

红儿说："下你的头哦！还没呢，回房去睡吧。醉得像狗熊，哪有大文人的样子？"

红儿来时，外面在下雪，鹅毛大雪，她不说是怕阿文兴起要去看雪，那就难服侍了。

阿文站起来，一个踉跄差点儿摔倒，红儿赶紧上前扶了。阿文说："睡就睡，醉生梦死，也是人生一乐啊！"

红儿是莞生特意叫来的，他怕阿文喝多了酒出事。

红儿把阿文扶进房间，阿文往床上一倒，四仰八叉地躺在那里不动了。红儿摇摇头，叹口气，帮他脱掉外套和鞋子，又准备去脱他的上衣和裤子，也不知想到什么，没动手，而是拉起被子盖在他的身上，然后打开暖气，关了灯，带上门走了。

黑山下了今年的第一场雪，这场雪来得迅速猛烈，雪花漫天飞舞，铺天盖地。大概是前几天阴天多云，足足攒够了这场雪的爆发力量，才有了如此壮观的阵势和景象。

六

红儿走后，阿文根本没睡着，茶叶水喝多了，兴奋。刚才之所以那么做，就是做给红儿看的。他在床上躺了一会儿，起来到窗户前，看见外面纷飞着大雪。估摸着红儿回去了，他穿上外套下楼，径直来到后院。

他站在顶风沐雪的那株梅花的花坛边，看着漫天飞舞的雪花片片飘落，点缀着一幕夜色。过了一会儿，他打开手机灯照树，看见满树满枝披满了雪花。他发现一枝枝头上有三五朵梅花开了，每朵上有几片花瓣，那花瓣浅红色，像少女羞涩的脸颊，很美。他踮着脚伸手钩着梅枝把它掰断，拿着梅枝踏雪回到房间，把梅枝插在茶缸里，放在床头柜上。看着梅花，他想：如果有个花瓶就更好看了。

他靠在床上抽烟，扭过脸去看梅花，又凑过去嗅嗅，没闻到梅花的芳香。他知道，刚开的梅花不香，只有经过风雪之后的才有香味。他仰头往上看，看那幅《梅花笑雪》，心想雪梅要是还活着多好，和以前一样，去凤池山上踏雪寻梅，多有情趣。

这时，他想起一个朋友在微信上分享了一首写红梅的词。他翻开手机看，那词是这样写的：

一剪梅·月下梅妆

无意梅花飘满窗。一样冬风，别样容妆。那年颜色更难忘。雪裹红枝，魂断人肠。

月下庭前影又双。欲罢相思，怅忆悠长。千山永隔水云乡。踏遍回廊，怎寄诗章？

阿文先是躺在床上读这首词，读了几遍感觉词写得好，就下床踱着步子再读，而且是大声朗读，读到"怎寄诗章"时，眼泪出来了。是啊，怎寄诗章？二十年后，凤池山上的梅枝上可还挂着雪梅的笑声？

想到雪梅，自然就想到红儿，红儿刚才那样子真可爱，像初识雪梅时一样温柔。

那天，也就是他回黑山的第二天晚上，红儿第一次来造访。他们谈了大半天，主要是听红儿说。红儿说他走后在黑山的事，最后递给他雪梅给她的一封遗书，并说："文先生真是好艳福，梅姐死前还关心你，还要我照看你，你说你是不是好命啊？"

当时阿文没回她的话，笑着送红儿出门，然后急急地去看雪梅的遗书。遗书这样写道：

红妹：

我走了，这个世界容不下我，我也没什么留恋的。在世上唯一让我牵挂的只有两个人，一个是我的儿子莞生，一个是我的情人文哥（我自认为，他或许不认可）。如果你以后还能见到我儿子，你就收他做干儿子吧，你可把这封信给他看，你能帮就帮一把，我相信你是有能力的。再就是帮我照顾好文哥，他在生活上一塌糊涂。他是个讲情讲义的好男人，我今生是没有福气嫁给他了，最后只能把我所有的资产都送给他，尽我不是他女人的女人为他做下的最后这点事，留下一点儿念想，也算是报答他一年来对我的关怀和安慰。

红儿，我们是好姐妹，不是亲姐妹胜似亲姐妹，在东莞那几年你把我当亲姐姐，特别是我独自在家痛苦生莞生的时候，要不是你的帮助，我早就惨死了。对你我没什么好报答的，只能说声谢谢！

你是我唯一能托付的人，再见了，红妹！

陈小雪绝笔

二〇〇〇年十二月二十五日

阿文记得这个日子，比记自己的生日还记得清楚，这个日子刻骨铭心，雪梅给他的遗书也是这个日子。他想：看来，雪梅死前一共写了两份遗书，当年不知道，没有想到，也不可能想到。当然，月桂更不知道。

除了雪梅给她的遗书，红儿主要讲了莞生怎么来黑山的：

"莞生是从伦敦回香港处理他亲爹后事时看到雪梅给老朱的信才动了来黑山寻找亲娘的想法，来后才改朱姓陈，跟雪梅姓。当年，他亲爹抱他从东莞去香港时还小，三岁，但他有些记忆，记得他的亲娘叫梅娘。后来，亲爹送他去英国读书，高中毕业后管理伦敦的酒店。亲爹的意思很明确，就是要让他忘了在中国内地的身份，忘了他身为二奶的亲娘雪梅。

"莞生继承亲爹的遗产费了一些劲儿。他本不想跟港妈、港姐争夺遗产，他本对她们没什么感情，该得多少就得多少。但他的港妈和他同父异母的港姐从中作梗，不想按照他亲爹的遗嘱把大部分遗产分给他，只想给他三分之一。还说要不是他有一半的血缘关系，三分之一也别想得到。主要是这句话把他激怒了，他知道香港法律和人情世故，于是高价聘请有名的律师打了一场很简单的官司，一审判决。最后莞生不仅全部继承伦敦的酒店，而且在港资产得了三分之二，一下子就成了年轻的大富翁，家产过亿。

"莞生原本处理完香港事务是想回伦敦的，从此不再和港妈、港姐有什么来往。就是看到雪梅的信，想起娘，他这才回黑山寻娘。

"莞生来黑山是前年。他对黑山一抹黑，不认识一个人，只记得雪梅信的落款地址是黑山市梅园酒店。他就直接去找酒店，可那时梅园酒店正在处置之时，酒店没营业，关了门。他四方打听，就找到了月桂，对月桂表明身份，说自己是雪梅的儿子，回来找娘。月桂见了很吃惊，她没听说过雪梅有儿子，以为是社会上的骗子想来骗钱，就把莞生轰了出去，并说再来就报警。莞生不想放弃，还是执着上门反复说自己就是雪梅的儿子，并把护照拿给月桂看。月桂这才半信半疑，后来月桂想起了我，晓得雪梅和我的关系，就把我找来了。我一见莞生，依稀记得莞生小时候的模样。我不说话，只是上前翻看了莞生的左耳朵背后，看见莞生左耳朵背后有颗黑痣，我就知道确实是莞生，这世上只有我和雪梅知道莞生左耳朵背后有颗黑痣。想到死去的雪梅，我鼻子一酸，抱着莞生就号啕大哭。

"文哥，你可能知道的，我是不喜欢哭的人，我娘死了我都不哭。可是，那时就是忍不住，一边哭，一边还不由自主地对莞生说：'崽哎，你终于回来了啊！你把你红姨我欠煞了啊，你亲娘能闭眼了啊！崽哎——'

"我这么一哭，把月桂和莞生都哭蒙了，加上我顺口是用黑山本地话说的，莞生一个字都听不懂。莞生推着我连声喊道：'阿姨，阿姨……'我这才改用普通话说：'莞生啊，你不记得红姨了吗？我是你红姨啊！你去香港之前都是我和你妈带你的，不记得了？你亲爹老朱强行抱你走时，你还哭喊着要你妈，要梅娘，要红姨，你不记得了？'

"月桂对莞生说：'这位先生，是真的，红儿阿姨和你妈雪梅是一起从东莞回来的。'

"莞生似乎是记起来了，他一下子双膝跪在我面前，抱着我的腿哭：'红姨，红姨，我找得你们好苦啊！'

"别看莞生年轻，他感情丰富呢。我把莞生拉起来，两人又抱头大哭一阵子，月桂在一边也是泪流满面。

"相认之后，我带莞生和月桂一起去黑峦峰峰顶，带他去祭祀他的梅娘。莞生很讲孝心的，他跪在雪梅当年跳崖的崖边上，摆上供品，点燃一炷香，跪在那里三拜九叩，一把把丢着纸钱，一边丢，一边喊：'妈——梅娘——您儿子莞生回来了，来看您了，来拜祭您了，您老安息啊！'

"那时，夕阳如血，天色渐黑了，在莞生的呼喊声中，我感觉听见了夜莺的叫唤声，'啾啾啾'的。我想，雪梅在天上肯定是听到了儿子的呼喊，前来相认，来收纸钱了。文哥，你说这会不会是真的？我想起来就害怕。"

当时红儿说到这里时，就往阿文的身上靠，阿文立刻站起来走到窗前去看黑峦峰，黑峦峰静静地耸立在那里，像座巨大的墓碑。他觉得，心灵感应，心诚则灵，说不清楚的。

阿文听了红儿的叙说很后悔，后悔当年自己不该自作主张把雪梅的骨灰撒在黑峦峰的。应该买块地，做个坟，竖个碑，莞生也好每年清明去上坟，月半去点灯，也像别人一样，坟包上插满塑料花和招魂幡。

后来红儿把雪梅的遗书给莞生看了，莞生拜认了干妈，就在黑山住下来了，不仅继承了梅园酒店，而且投资新建了梅园国际大酒店。

············

风雪在窗外呼啸着，"呜——呜——"的声音像招魂人在旷野上高举双手朝天大声喊叫，一声声呼唤着逝去的人儿的魂魄归来。雪粒一阵阵击打着窗上的玻璃，发出"叭叭"的声音，仿佛有人在敲着玻璃。"雪梅，是你来了吗……"醉意蒙眬的阿文不胜酒劲，稀里糊涂睡着了。

黎明时分，阿文从梦中醒来，昨晚他又做了稀奇古怪的梦，一醒就记不得是什么梦了，躺在床上一遍又一遍想着。自打从海南回来，他几乎天天晚上都做梦，在海南不是这样子的，他真的相信"日有所思夜有所梦"的说法了。

八点多钟，莞生敲门进来，手里提着早点。阿文问："阿芳呢？她怎么不送饭来？"

莞生说："是我叫她不来的，我就不能送吗？"

"不是，你太忙了，这些小事她做就行了。"

阿文吃着早点，看着站在窗前看雪的莞生，感觉莞生可能有什么心事，愁眉不展，不像以往活泼快乐。阿文说："生仔，有什么事跟我说吧，别看我离开黑山二十年了，我还是有些能耐的，没有处理不了的事。"

莞生走过来，坐在他的对面，双手搓着，迟疑了一会儿，说："干爸，是有点事，本来早该跟您说的，我想着自己处理就行了，不想让您烦心。可这事我还真的处理不了，不处理又不行，我怕事情越来越糟，所以我……"

"说吧，什么事？"

"是子哥的事。"

"子哥？谁是子哥？"

"就是您的儿子文子，我们都叫他子哥的。"

"文子？你认识文子？"

"酒店刚建时就认识了，那时候我不知道他是您的儿子，后来是月桂阿姨跟我说的，我干妈也知道。"

"嗯，他怎么啦？"

"开始吧，他小打小闹，建酒店时就是霸点小工程，什么强卖点沙子水泥，包点装修工程，价钱贵些，倒也无所谓，要不了多少钱。可现在白吃白喝不说，还要我给他干股份，三天两头来闹事，不仅要钱，还几次想欺负阿芳妹妹，我……我真的有点难办了。"

阿文一听是这事，怒火中烧，筷子往茶几上一拍，说："什么？那小子做这些坏事？"

"干爸，您别生气，我就是怕您生气才不跟您说的。"

"你想怎么办？他知道我在这里吗？"阿文问。

"可能他不知道，我没跟他说过和您的关系，夏莉妈妈跟没跟他说我就不知道了，我估计夏莉妈妈也不知道。几年来，月桂阿姨和干妈从不和她来往的，夏莉妈妈也从未来酒店找过我。我想给他一点儿股份，有钱大家用，他是您的儿子，给他也是应该的。只是怕给了他还不能变好，那就适得其反了。所以我跟您说，想听听您的意见。"

"你没找公安来处理这小子？"阿文问道。

"没有，都是私了，无非就是钱呗。找公安是办法，可不能从根本上解决问题，弄不好会把子哥推向更坏的方向。我不愿意那样做，想找个两全其美的办法，各方面都好，干爸您说对不？"

"嗯，生仔，你处事周到，很好。这样吧，让我想想该怎么办，这事一定得处理好。"

莞生走了，阿文也没胃口吃早点了，他打电话叫红儿和月桂来，共同商量这事，看怎么处理好。

在她们还没来之前，阿文想起当年他被牛三砍伤在医院住院，才七岁的文子跟夏莉来医院看他，文子就说过自己不爱读书，长大要当警察的话，没想到这小子没混出个人样来，却成了小混混。

大概是阿文在电话里说话口气严肃，不一会儿她们就赶来了。月桂一进门就嚷嚷道："先生怎么了？没生病吧？这几天有事没来，心里总是吊吊的。"

月桂刚说完，红儿就进门了，她看看阿文，又看看月桂，开玩笑地说："好啊，文哥这是要开家庭会啊，是不是你们要成家了，要我来张罗操办？"

阿文黑着脸说："你们都坐吧，有件事找你们商量。"

她们两个一看阿文的严肃劲儿，就不再说话了。

阿文说："是这样子的，莞生一早来跟我说文子欺行霸市的事，这小子无法无天，敲诈勒索莞生不说，还要欺负阿芳，你们知道吗？你们说说该怎么办？"

月桂一听文子欺负阿芳，紧张地问："他，他没对阿芳怎么样吧？"

"我想不会，他应该知道阿芳是你的女儿。"

红儿说："知道文子常来找莞生，没想到他会那样，夏莉也不好好管教，都是她惯坏的，真是的！这该怎么办？"

"现在说夏莉也没用，我也有责任，从没管过他。我想现在有两个办法，一是报警，把这孽障抓到牢里去，让他受点儿苦，受点儿教育，让他重新做人；二是我直接找他谈，看能不能起点作用。"

月桂坚决反对把文子抓进牢里去，她说："他是你儿子，虎毒都不食子，你不管他就罢了，还把他抓起来，他变好就好，万一破罐子破摔，那就毁了，这样的事多了去了。我不同意第一个办法。当年……"

阿文知道月桂说的当年，当年她说过多次要他把儿子带在身边，她帮他养。

红儿说："报警肯定是最坏的办法，我也不同意。但是，文哥找他谈也不行。你这么多年没管过他，他肯定恨你，你谈不会有效果，说不定会连你一起打。"红儿说到这儿想笑，但她知道现在不是说笑的时候，她接着说，"你现在最好不要和他见面，可跟阿芳说说，如果文子再来找她麻烦就挑明兄妹关系，我想文子不可能坏到连亲妹妹都要欺负的程度。如果文子还那样，那就无可救药了，再抓也不迟。"

"你的办法呢？"阿文问红儿。

"我想最好是把文子送走，远离是非之地，他肯定有一帮坏哥们儿，要不然他不会为非作歹的。"

"送走？送到哪里去？难道把他送到海南去？海南可没有人能管得了他，他要是能自立他也不会做这吃红吃绿的坏事了。"阿文说完又说，"这样吧，叫莞生一起来商量下。"

月桂和红儿都同意了。红儿就打电话叫莞生来，不一会儿莞生就来了。

莞生一听要把文子抓进牢里去，他也不同意，他说："要抓他我早就报警了。"

红儿说起送走的想法，莞生想了一下说："您看这样行不行？我把子哥送到英国去，叫他帮我管理伦敦那边的酒店，或许在国外就变好了呢？就是不知道夏莉妈妈舍不舍得。"

月桂撇撇嘴说："她有什么舍不得的？自己又管不了。"

"去英国？去得了吗？"阿文问。

"我想办法，应该没问题，我年底正要去那边处理酒店一年的事，我带他走。"

红儿说："能去英国最好，断了他和黑山的小混混们的联系，说不定真的能变好。我去做他们母子的工作。"

阿文想了想，觉得这是唯一的办法了，就同意了莞生的想法，也同意红儿的打算，事情就这样定了。

中午，莞生和阿芳陪阿文、月桂和干妈红儿一起吃饭。阿文因为文子的事，唉声叹气，没心情喝酒，在红儿和月桂的劝说下，勉勉强强喝了几杯，终不痛快，几个人吃完就散了。

月桂本想留下来陪阿文，说说自己离婚的事，可能是家里的事没处理好，也可能是知道阿文的心情不好，免得阿文更加忧愁，就回去了。

七

尚斌果然守信用，第二天晚上在梅园国际大酒店摆了一大桌酒席，为阿文接风洗尘。阿文觉得好笑，自己回黑山快半个月了，还接个什么风，洗个什么尘？他知道这是尚斌的心意，难得二十年后还对自己这么好。

尚斌叫了张包、江一冰、伍本报、李奇，还有那"十姊妹"。阿文见女多男少，就把杨美中也叫来了。"十姊妹"没到齐，来了六个，其他的不在黑山。"十姊妹"中，老二在庙里吃斋，时间没到不出来。老四在上海候机，过两天回来过年。老六去了福州讨账。老十在北京。其余这六个是老大"白菜心"，老三"黄花花"，老五"泥鳅"，老七"猴子"，老八"橘子"，老九"麻辣烫"。

阿文听尚斌一一介绍，忍不住仰头大笑，他说："哈哈哈，妙啊！十全大补丸，满汉全席啊，有特色。"笑过之后，他知道这都是她们的外号，他就猜想四个没来的都叫什么名字。老六听说过，跟张包有一腿的，他问尚斌："老六叫什么啊？"

老大"白菜心"抢先说："叫葡萄，黑葡萄，像不？"

阿文记得尚斌说老六有点黑，丰满、性感，叫黑葡萄也是恰如其分的，他对尚斌说道："好，黑葡萄好，吃不到葡萄说葡萄酸。"

"那其他的几个呢？"阿文问老大。老大其实在"十姊妹"中年龄并不是最大的，至于为什么她是老大，肯定有说法。

"老六你知道了。老二叫'葫芦'，闷葫芦，一天说不了两句话，也不知道为什么，好像没受到过什么打击，年纪轻轻的就看破了红尘，估计她以后要当尼姑，现在每天吃斋念佛。老四叫'海带'，她老在上海，海飘，像海带一样飘。老十我们叫她'甜饼'，小甜饼，人小嘴甜，人见人爱，你见了绝对喜欢她。"

阿文说："老十叫'甜饼'也是对的，最后一道菜，上点心，呵呵呵。你们会取名啊，老夫佩服！尚斌，这不会是你的杰作吧？"

尚斌笑着说："我哪有这能耐？我有这水平不也和你一样写小说了？她们自己取的，蛮有意思的。"

坐在"黄花花"旁边的诗人江一冰坐不住了，大概是听了心里有了触动，来了诗兴，他对阿文说："文哥，我来首诗怎么样？题目是，《菜，上菜，上大菜！》。"

阿文说："你饶了我们吧，别上了，你一激动又上桌子，我们还吃什么？你明天专门请'十姊妹'，朗诵你的大菜，我估计她们每人都会给你一个 kiss 的，你说呢，老大？"

"你也饶了我吧,我们不懂诗的,我最怕和文人打交道,说又不会说,听又听不懂,难受,我还是喜欢跟斌哥玩。"老大说着就把身子歪向了尚斌。

在阿文和老大说笑时,杨美中和老九"麻辣烫"正头对头眼对眼说着什么,杨美中拿着老九的一只手指指点点。伍本报身边的老八"橘子"也学他,坐在那里不说话,微笑着听老大介绍她们"十姊妹"的外号。张包和身边的老五"泥鳅"说着话,好像有点激动,不知道是老五找他有事,还是老五帮别人说事。张包一时连连点头,一时连连说话,估计话题是和钱有关的。

一阵介绍后就开始喝酒,但来的六姊妹中有三个不喝酒。老大说好事来了不能喝,老五说打头孢不能喝,她把左手背伸出来给大家看,手背上还贴着医用白胶布。老七滴酒不沾,老大证实说老七的确是不喝酒,喝一杯就醉。剩下的只有老三、老八和老九斟了酒。杨美中一见老九能喝就高兴,开席之后两个人私下连撞三杯,后来老大为了起哄叫老九跟杨美中喝月月红。老大说:"老九,你是我们'十姊妹'中最狠的,年纪也最大,你今日带头把杨大师搞定,为姊妹们争点气,要不然文人们看不起我们,搞!"

阿文听老大一说,想起当年他们几个人在天湖船上喝花酒,猜火柴棍,那几个从城里回乡的姐们人老珠黄,而今日来的六姊妹最大不过四十岁。时隔二十年,她们其中是不是有那些人的女儿呢?

实际上,阿文想错了。这"十姊妹"都不是歌厅的,她们都有工作单位。老大是某单位的会计。老四在上海开公司。老六的老公在福州开厂，规模还不小，当然他们离婚了。老九有自己的"串串香"麻辣火锅店。老十在北京承包工程，千万富婆。她们成"十姊妹"也就是同学加朋友的关系，关系也是松散的，不论年纪大小，以先来后到为主，逢年过节聚在一起热闹热闹，就像他们"黑山八大怪"一样。

老大既然提议，老九就端杯和杨美中喝。杨美中正高兴，一杯一杯往嘴里倒，毫不畏惧。有时还要老九把酒加满，两个人十分热闹。"黄花花"和"橘子"也不闲着，左右开弓，跟这个喝跟那个喝，说话的声音越来越大。"橘子"甚至搂着伍本报硬来，把酒杯塞在伍本报的嘴唇上喂他喝。伍本报头往后仰着，装着喝不得的痛苦样子。他越是这样，"橘子"越起劲，人几乎是贴在他身上喂他喝酒。伍本报把酒喝完，摇头说："厉害，受不了，受不了！"

伍本报今日放得开，不像昨日那么矜持、一本正经的，像是回到了二十年前。这一点阿文并不吃惊，知道今天组织上跟伍本报谈了话，因伍本报年龄大了不能任满一届时间，下届就不担任实职了，任什么正厅级调研员。伍本报的变化在别人看来有些不可思议，然而世人性格在一夜迅速改变实属正常，也不全是"江山易改本性难移"。有的人调皮捣蛋，混沌未开，父亲或者母亲一死，仿佛是一道闪电照亮夜空，立马变得懂事了，扛起了一家的责任。有的人几十年洁身自好，一念之下坏了金身，也就是所谓的"念了十几年的经被一盆狗血冲了"。

阿文对这点早有认识。

当然，对于伍本报的变化，尽管在情理之中，还是让人感到突兀，难以置信。

伍本报为了躲避"橘子"的纠缠，就对着"橘子"的耳朵窃窃私语一番，然后离席到阿文这里来了。他拍了拍阿文的肩膀，递给阿文一张表，是政协委员的登记表。他说："莞生当政协委员没有问题，我说好了，你叫他赶快把表填好送我，另外你找商会签个推荐的意见就行了，至于能不能当政协常委另外再说吧。"

阿文要站起来感谢，伍本报用手按了，他说："我们之间说什么谢？见外了，恐怕以后跟你玩的日子多，还要沾你和你干儿子的光呢。"

阿文扭头对他说："好啊，你可以重操旧业，写点什么东西。你的文笔没有话说，更何况这些年在政界历练，目光敏锐，思想境界高，写的东西绝对好。"

伍本报笑着摆头，说："说不好的。"

他们正说着，那边"黄花花"和江一冰干起仗来了。"黄花花"气得把筷子一丢，站起来要走，一旁的尚斌拉住不放。"黄花花"气愤地说："这是什么人？真没品位，喝酒就喝酒，动手动脚干吗？还说是著名诗人，恶心！"

"黄花花"说完，江一冰的脸色很难看了，他把酒杯往桌上一跺，站起来说："你说什么啊？"

李奇预感事情不好，赶紧也站起来搂着江一冰往餐厅外面走，江一冰还扭过身子要跟"黄花花"说些什么，李奇硬把他拉出去了，他们不辞而别，提前走了。

江一冰一出门，"黄花花"眼泪就出来了。她哽咽着对大家说："人家好心好意敬他的酒，不喝就算了，还嬉皮笑脸伸手摸人家的身子，我又不是小姐。他还说自己是著名诗人，我看就是个流氓痞子，狗屁诗人……"

老大开口喊道："三妹，说什么呢？算了，他可能喝多了，少说两句。"

"黄花花"不再说了，拿着餐巾纸擦眼泪。阿文赶紧起来说话。他说："老三莫见气，江一冰可能是喝多了乱性，诗人嘛，就是这个德行。不过他也不对，初次见面就伸手伸脚，太不文雅了，日后我去骂他，要他跟你赔礼道歉，罚他三杯酒，怎么样？"

其他人也跟着数落江一冰，劝"黄花花"。"黄花花"用鄙视的口气说："我才不想再见到他了，品格太差。""黄花花"不再流泪，端着酒杯强打笑容跟阿文喝了一杯，气氛才好些，但没有原来那么和谐快乐了。

"黄花花"，姓黄，银行职员，她是"十姊妹"发起人之一，当初就是她和同学老大结姊妹才陆续扩展到十人的。她的命也不太好，前不久她老公因公出差出车祸死了，刚满头七。本想出来散下心，没想到坐到了江一冰的身边，而江一冰对她又自作多情。或许是"橘子"和伍本报亲昵喝酒惹发了他，趁和"黄花花"喝酒时伸手去摸她的大腿，没想到"黄花花"

不是水性杨花之人，生起气较起真来，闹得差点难以收场。江一冰就是这个德行，平常像闷葫芦，不哼不哈，一旦喜欢上一个女人，直接大胆，霸王硬上弓。以前也出现过这种情况，有一次闹得还挺厉害，他和一个女的一见面就直奔主题，那女的是同路人，一拍即合，两个人同床共枕。但没想到被她丈夫突然回来碰了个正着，她丈夫把江一冰打个半死，若不是朋友后来从中劝和，江一冰还难脱壳。他就是狗改不了吃屎，好了伤疤忘了痛，一见喜欢的女人就这样。

阿文想：日后少叫江一冰，不晓得他还会出什么幺蛾子。都是几十岁的人了，闹出名堂来不好看。

他们又闹了一阵子酒，终因江一冰那一曲坏了气氛，喝着无味，热闹不起来，阿文见机就让散了。

他走到电梯口时，杨美中拉住他说："文先生，去老九的麻辣火锅店吃火锅，我请客。"

阿文猜想杨美中和老九可能是有感觉了，不想去当电灯泡，就说自己酒喝多了要回房去睡。杨美中就和老九进了电梯，电梯关门的一瞬间，他看见杨美中伸手去挽老九的腰，老九笑着扭捏了一下。

过了几天，阿文邀尚斌去黑水河边老九的"串串香"火锅店吃饭。他去纯粹是为了捧场，这之前老九跟他打了几次电话，邀他去玩。

他们进去看见杨美中一个人坐在桌边一边喝茶一边看老九忙碌。看见阿文和尚斌一笑，忙招呼他们坐，俨然是店小二。

阿文和尚斌对视一笑，心里知道是怎么回事了。

坐在老九的店里，听着黑水河汩汩的流水声，阿文想起二十年前的朱大嫂，朱大嫂的店正是现在老九的位置。那时，他经常在朱大嫂的小吃店吃饭，两个炒菜、一个汤，外加两瓶"金龙泉"啤酒。店里无客时，朱大嫂就陪他喝。朱大嫂唱样板戏《沙家浜》中的阿庆嫂，他唱胡传魁和刁德一，蛮有味道的。老九的店比朱大嫂的小吃店大不了多少，三四张桌子，只是店里装修了，瓷砖地板，墙上刮了涂料，更亮些，感觉更大些。老九姓徐，四十岁，"串串香"麻辣火锅店是和原来同厂的人合伙开的。老九说赚不了几个钱，养家糊口，人还累死，每天晚上要守到半夜两三点。老九也是作孽人，虽说有老公，但跟没有老公一样。她老公常年在温州打工，有时过年都不回，这一点和二十年前的朱大嫂差不多，只是她少了朱大嫂的情趣。朱大嫂会唱样板戏，而老九只会唱流行歌曲，什么《白狐》之类的。当然，她们之间没有可比性，朱大嫂在戏团待过，后转工厂下岗。老九也是下岗，但她是车工出身，在厂时专门做车螺丝帽之类的零件。

在老九的店里碰上杨美中不奇怪。杨美中自打那次认识老九就成了老九这里的常客。杨美中孤身一人，正好需要个知己管吃喝，就像阿文当年遇上开酒店的雪梅。杨美中很讲义气，现在每周有五天在老九的店里，梅园国际大酒店的《周易》研究会每周只去坐两天。有一天阿文闲得无聊，去十八层找杨美中吹牛，见门上贴了告示，每周星期六和星期日坐班，其余时间电话联系。当时他就感到奇怪，心想这老家伙搞什么名堂？原来他到老九这里来了。

杨美中也不是白坐在老九的店里，白天在门口替人算命打卦，赚点零花钱。当然，他不在老九的店门口挂牌子，也不像街头巷尾那些算命的在面前放个硬纸壳，上书什么测字算命看风水，他靠的是他的名气。阿文想，杨美中主要是为老九拉生意，这一点应该是确凿无疑。有时候，有些老板或者官员寻他算命看风水，请他吃饭，他就安排在老九这里。杨美中和老九之间到底怎么样，阿文估计就那样子，毕竟杨美中年纪大了，也就是图个乐子，而老九看中的就是杨美中能帮她拉客赚钱。在外人眼里，杨美中是"老牛吃嫩草"，老九下作不要脸，跟大她三十岁的人蹭。阿文不这么看，这样挺好，没有什么可谴责的，两相情愿，太正常不过的事了。

喝酒的时候，阿文问杨美中行吗？杨美中知道阿文问的是什么，他笑着说："还行吧，每周一歌。"

阿文用很夸张的口气说："真的？"

杨美中不再回话，而是去看老九，老九正撅着肥屁股在案板前配菜。阿文看见杨美中一脸的得意神情，心想：这老家伙行啊，比自己强多了，别人不主动找自己，自己十天半个月都想不起那种事来。他打定主意什么时候找杨美中谈谈，看他是怎么养生的，他绝对有名堂，要不然快七十的人还这么健壮。

阿文一进梅园国际大酒店大厅，手机"嘀嘀"作响，他一看全都是"油乐坊"的信息。前不久，黑山晚报的副总编沈力建了一个"油乐坊"的微信群，知道他回来了就把他拉了进去。"油乐坊"有二十来个人，不全是文人墨客，还有音乐界作词谱曲的，闲职在位的官员，写书法画画的，更有"户外跑吧"的。进群条件就一个，会"打油"，也就是会写打油诗，以诗会友，旨在娱乐。阿文就是看中这个群轻松活泼、幽默搞笑，不像一些微信群要么一本正经，要么鱼龙混杂，广告满天飞，什么早上好晚上安，尽是娘娘们的卿卿我我，像这样的群他退了好多个，唯独留下了"油乐坊"。

八

阿文躺在床上看了一会儿"油乐坊"的帖子，抢了一个群主沈力发的小红包。因今天"油乐坊"没有主题，"油工"们只是互相调侃，阿文觉得无新意，没跟帖，退了出来。接着，点开莞生发给他的微信，莞生说明天上午九点带文子过来，叫他不要出去。

阿文想：莞生把文子的事解决了？莞生还真有办法，也不知他是怎样说服文子的。自打那天知道文子的事后，这几天他都没想出好办法来，很是焦虑。一想到文子自己就头痛，就像是钻进了乱刺丛无法动弹。如果文子不同意出国，破罐子破摔，还真拿他没有办法，只能送他去监狱了。

阿文想了一阵子文子的事，不知这小子过了二十多年变成什么样子了。明天见面该是怎样的情况？想得头痛，懒得想了就稀里糊涂睡着了。

第二天早上，阿文醒来已是八点了，想到等下莞生和文子要来，赶紧起来洗漱。刚洗好，就听见放在床头柜上的手机"嘀嘀"直响，他走过去接听手机，是伍本报打来的。说是要下乡去鸡公山脚下的王家坳考察古民居王家大屋，同时欣赏山野雪景，问他想不想去，要去就来接他。

阿文对古民居很感兴趣，以前就想好生解剖一家，深入了解一家人的演变史。二十年前写的《文侍郎传》比较粗糙，上溯几代人的情况不甚了解，文家几百年的历史肯定对他三世祖文侍郎有重要的影响。同时，他也想好好了解古民居的结构和人员居住情况。比如说几重大屋谁住一重，谁住尾重？大房住左还是住右？二房三房又住何处？是吃大锅饭，还是另起炉灶？古代大家族讲究长幼尊卑，里面是有名堂的。以前看过几座大的古民居，也只是细心留意古民居的石雕、木雕和砖雕，再就是它的结构和朝向，并未了解内部分配和生活情况。尽管自己在老街的文家大院出生长大，但文家大院只有三进，而且只有老阿婆和父母在那里居住，和古代的大家族不能相比，情况是大不相同的。然而，上午莞生和文子要来，这是目前头等大事，阿文就对伍本报说今日上午有点事去不了，但他留了活话，说如果处理得快就赶过去。

阿文刚和伍本报说完，就听见有人在敲门。他赶紧去开门，门口不是莞生和文子，而是月桂，月桂手上提着早点。

阿文笑着说："噫——怎么是你送早餐啊？阿芳呢？"

"是我要来的，等下莞生和文子要来，我为你保驾护航，万一……"

"你是怕文子那小子打我？"

"那倒不是，我是怕你一激动把事情弄砸了，那文子就彻底完了。"

阿文觉得月桂考虑得细致，自己对文子恨铁不成钢，一句话说不好很可能闹翻。阿文又想，月桂知道他们要来，那红儿肯定也知道，红儿怎么没上来呢？他正想问月桂，莞生带文子进来了。

文子高个头，精瘦，剃板寸头，眼神和脸上都透着一股匪气。

文子径直走到阿文面前，没开口就双膝跪下了，双拳作拱，然后喊声："爸——"

文子的举动把阿文和月桂都搞蒙了，一时不知怎么办。文子的动作让阿文想起二十年前他和张包去刑警队接张包的儿子，张包儿子一出来就对张包开口要烟，说昨日一夜没得烟抽，对砍人被抓根本不当回事。

月桂见阿文还愣在那里，用手推了推他，阿文这才对文子说："起来吧。"月桂赶紧上前去搀文子，说："文子，快起来。"

文子甩开月桂的手，自己一弹就站起来了，他横了月桂一眼，可能是他不认识月桂，或者对月桂有想法。阿文说："这是阿芳的娘，你月桂姨。"

文子这才改了脸色，冲月桂点下头，算是招呼过了。莞生上前说："子哥，坐下说。"阿文先坐了，月桂挨着阿文坐，莞生拉了文子在对面坐了。

阿文从烟盒里抽出一支烟，本想送到嘴边去吸，一看文子就递给他，问："你抽烟吗？"

文子连忙伸手来接，阿文看见文子右手食指和中指鲜黄，像熏过的腊肠，就知道这小子是老烟枪。阿文点燃烟说："文子啊……"

文子站起来说："爸，您什么也不用说了，我愿意和陈老板去英国。"

阿文说："嗯，莞生是你弟，你要听他的。你和你妈说没？她……"

"她在外面，她同意我出去。"

阿文一听夏莉来了，就朝月桂看了一眼，月桂就站起来去门口，伸出头朝左边喊道："莉姐快进来啊！"

夏莉扭扭捏捏出现在门口，没进来，站在门口看阿文，月桂拉了一把才进屋。阿文一看夏莉也老了，头发花白，想着这个犟女人这些年赡养老人、抚养儿子也不容易，心里就酸楚楚的。还是月桂机灵，她说："莉姐坐啊！先生你快吃早点，冷了的。"

莞生说："冷了我就叫人再送一份上来。"

阿文打开饭盒说："不必了，还热着呢。"

在阿文吃早点时，一屋子的人都不说话，都看着阿文。阿文也不说话，似乎有好多话要说，又觉得多余。他这个时候是可以说说文子的，教育教育他以后怎么做人，但一想文子既然表了态，再说就多余了，说不定文子还烦，成了月桂担心的，一句话没说好那就前功尽弃了，所以干脆不说了。

这时，夏莉说："我去医院，文子的外婆今天要做手术。"

阿文抬头看夏莉，文子站起来说："爸，我跟我妈去医院。"

阿文点点头，文子就跟着夏莉出门了。

莞生对阿文说："文叔叔，中午叫他们都来吃个饭？"

阿文想了下，看看月桂，说："你说呢？我想算了，坐在一起难堪，不坐为好。"

月桂说："先生说了就是。"

阿文问莞生："你干妈没来？"

"来了，在我办公室，说等下再上来。"

阿文想起伍本报，就对莞生说："叫她不要上来了，你伍叔叔刚才打电话要我去鸡公山看古民居和雪景，你派个车送我去。"

"行。"

月桂说："我也要去，我今天没事，正好去散散心，这些时日真累！"

纠结了多日的文子的事解决了，阿文心里一块大石头终于落了地，顿时轻松了。他知道伍本报知道他和月桂的事，看看月桂期盼的眼神就同意了。

他们下楼来，莞生派的车子在大厅门口候着，一个穿枣红色工作服的服务生赶紧拉开后车门请他们上车。月桂先钻进去，阿文站在车门口看了一眼外面的景象。雪停了，大街边的树上挂满了雪，白白的直晃眼睛。他上去后，服务生关上了车门。

在车上，阿文问月桂有关王副主任"双规"的情况，问她给他送礼没，与他的案子有没有牵连。月桂说："王副主任没事，出来了。当初只是送了两瓶酒、一条烟，没送钱。省纪委巡视组的找我谈了三次话。我说只送了两瓶酒、一条烟，他们不相信，再怎么问我就是这句话。巡视组的人精着呢，他们什么都清楚，处理梅园酒店的事开了几次会，谁说了什么话，支持的，反对的，他们都清楚。可能他们怀疑王副主任在梅园酒店的处理上捞了大油水，调查得很细致，反复追问我。当然，这个由不得别人不怀疑，梅园酒店价值几百万啊！可王副主任在这个事情上还真没贪。当时他要是想贪的话，我会送钱去的，送个十万八万我也愿意，没有他最后发话拍板，收回梅园酒店还真的不那么容易。先生，你说呢？"

阿文没说话，心里在想这些问题，他也不再问巡视组为什么要抓一个退了休的人的关键问题。他知道，这是个很复杂的事情，一两句话说不清楚。至于王副主任为什么发话拍板，主要是当时签的那个捐赠协议。王副主任是聪明人，就是他不发话，月桂通过打官司，按照合同法规定，梅园酒店也收得回，只是要费些周折和时间。

在路上，阿文给伍本报打了电话，说自己来了。伍本报说他们刚到，他在王家大屋等着。

他们的车在雪后的山路上艰难地走了半天，路很滑，好在莞生派的是越野车，前后加力，要是一般的车恐怕去不了。雪很厚，沿途有一辆农用车和两部"三马车"歪到路边去了。

月桂在车上一个劲地小声埋怨，这么大的雪，早知道不出来了！出了事咋办？阿文劝慰她说："无限风光在险峰哦！"

月桂还是很担心，一路上抓住阿文的手不放，好像车子一转弯就要把他们甩出去似的。阿文感觉到她的手心都出汗了。

他们到达王家坳王家大屋快中午了。

这次去王家大屋让阿文很失望，失望的是他和月桂一到就被伍本报拉到离王家大屋几里之外的李家畈"李好"农家乐烤火喝酒，仅仅在王家大屋走马观花转了转，什么情况都没了解到。阿文知道伍本报醉翁之意不在酒，并不是真的来考察古民居，考察只是个由头，观雪景、喝花酒才是真正的内容。当然，陪他的朋友余未出来散散心更是重点内容。

余未一见阿文就笑着说："文大作家，还记得我不？"

阿文装着不认识她，扭头对伍本报说："这大美女是谁啊？不是黑山的吧？黑山的美女我都知道的。"伍本报正要张嘴说，阿文又说："哦，我猜是黑山大名鼎鼎的余总编，是不？好家伙，二十年没见，女大十八变，刮目相看啊，越发漂亮了。"

余未知道阿文调侃自己，不回话，只是抿着嘴笑。余未比二十年前更加成熟有魅力了。二十年前她还是个"青苹果"，大学刚毕业，青涩，采访见人时羞答答地放不开。记得她去医院住院部采访自己，开口就把伍本报搬出来，说是奉命写报道，生怕阿文不接受她的采访。

余未说："大作家，是不是让我写篇报道，报道你重返黑山的新闻啊？这可是爆炸性新闻哦！"

阿文本想跟她再调侃几句，但不知道她和伍本报现在到底怎么样，说过了头反而不好，只说："这不会又是奉命报道吧？

我听说伍本报早就交班卸任了，余总编现在是掌门人哦。"

余未笑着说："跟大作家说话就是累，说不赢的，不说了，待会儿敬你的酒，醉死你！"

阿文也大笑，说："好啊，你们两个人一起上，看我怕不？"

余未不和阿文说了，拉着伍本报去雪地里给她照相。余未穿了件红色的羽绒服，在雪地很显眼，像一团火。她一会儿站在小桥边跷起一只脚，伸开双手做飞翔的姿势；一会儿站在一棵树下，头歪着，一根手指指着自己的腮帮子，咧着嘴笑。伍本报很是殷勤，蹲着，甚至跪着给她拍照，弄得满身都是雪。

他们在雪地里玩得不亦乐乎，月桂怕冷，就拉着阿文进屋在火塘边并排坐着烤火，看七妹忙碌做菜。

"李好"农家乐建在小桥旁边，地理位置很好，是余未的堂嫂七妹开的。七妹风韵犹存，是个成熟的女人。阿文经询问得知，农家乐是伍本报帮忙找市旅游局立的项，用的全是旅游开发扶持资金，她没投资多少钱。可能是七妹认为阿文和伍本报是贴心朋友，一边炒菜一边一股脑儿说着，言谈中透露出对伍本报的感激之情。"李好"农家乐挂了星级农家院的牌子，阿文知道这也是伍本报暗中帮忙得到的。看到七妹，阿文想起黑山"十姊妹"的老七"猴子"，猴子就没这运气。那次喝酒，画家李奇就看不中，如果换了"李好"的七妹，说不定李奇会格外卖力表现。比如给"李好"农家乐的室内设计装帧出谋划策，门外匾额题字，以及整个农家乐的布局，经李奇一弄，格调肯定高雅。当然，他的字画是不能少的，什么梅花、竹子、兰花、苍松之类的。刚才伍本报带阿文进来参观，阿文就感觉"李好"农家乐少了些艺术元素，传统文化气息不浓，与星级农家院不太相配。如果有李奇参与，情况就有可能大不一样了。但是，七妹人好，人好水也甜。

七妹做的菜合阿文的口味，是正宗的黑山乡村味道，几个炭炉，大盆大钵，热乎又提神。阿文中午喝了不少的酒，好在有月桂在，伍本报和余未搞不赢他们，反而把余未喝得醉眼蒙眬，醉态怡人，大有贵妃醉酒之样，甚是可爱。

在回黑山的路上，月桂指着远处山沟里冒着白热气的地方说："黑山矿泉水厂就在那里。"阿文凑着头从玻璃向外看，看不清楚，只见鸡公山下白茫茫的一片。

月桂说："这都与我无关喽！"

阿文回头看她一眼，鼻子里"嗯"了一声。

月桂把头靠在车椅后背上，闭着眼睛说："前些时日，我和他离婚了。"

阿文盯着月桂的脸，月桂双目紧闭，脸上看不出什么来。没有愤怒，没有伤感，似乎什么表情都没有。阿文想问问为什么，看见月桂若无其事，就不再问了。

回到梅园国际大酒店是下午三点钟，月桂不肯回去，就和阿文一起开了空调睡了。

就在阿文和月桂热火朝天的时候，隔着梅园国际大酒店三条街道的一家大型超市发生了火灾。消防车"呜啦呜啦"地叫个不停，黑山市十几辆消防车不够用，紧急调用邻县的救援车辆，大火直到下半夜才扑灭。火灾造成的损失很大，烧伤十几人，死了几个人，一个是超市的老总，一个是消防队员，还有正在购物的一个老太婆和她的孙子。第二天，阿文在餐厅吃早餐才听说此事，他感到奇怪，自己昨天怎么就没听见消防车的鸣叫呢？想想感到害怕，这酒店也太密闭了，如果梅园国际大酒店发生这样的事故，自己葬身火海都有可能。

超市的火灾本是一个事故，事故发生后按程序处理，追究事故原因，赔偿受害人家属，全市安全拉练检查，超市再建，等等。但是，火灾处理过程却引出了该大型超市背后许多事情来，最主要的是涉及阿文的朋友伍本报。据许多人疯传，人大常委会副主任伍本报是该超市的最大股东，而且是干股，没出一分钱，每年分红十几万。对于这种说法，各种各样的版本故事一个接一个，什么官商勾结、行贿受贿，还有桃色新闻，说得有根有据，神乎其神，言之凿凿。说是当年伍本报领导分工负责大型超市的引进和建设，超市开业时伍本报出席剪彩仪式，还充分肯定大型超市的建造对黑山经济发展如何如何。人们所疯传的一切都对伍本报十分不利，按照现行情况，伍本报不是简单做个监管不力的检查能了事的，可能双规被判刑都绰绰有余，典型的腐败分子。

阿文本想打电话问问伍本报，但想到伍本报是政界老江湖了，一定会妥善处理，自己帮不了他的忙，只会给他添堵，问也无益，便忍着没说，静观其变。

九

红儿进来时，阿文正靠在沙发上看书。他看见红儿就想起前些时候做的和她结婚的梦，那个奇怪的梦一直在心头萦绕，终是没想出是什么征兆来。

红儿在对面的沙发上坐着，她看见阿文呆呆地看着自己，便说："这么看我干吗？是不是心里又在打什么坏主意？我知道的，你对我不感兴趣，从来没有，二十年前咱们第一次见面时，我就看出来了，是不是，文哥？"

阿文放下书，又点燃一支烟，说："是吗？"

"是妈？还是爹呢！二十年前我没有雪梅好命，雪梅有你这个大作家、大名人、大情圣爱她，尽管你们相识相爱只有一年时间，很短暂，但那是一场真正的爱，胜过十年，更胜那些无爱的夫妻一辈子。"

"是吗？"

"真的，我真是这样认为的。当年，雪梅跟我说过你好多话，问我怎样才能留住你。我说不上来，我没爱过人，也没有人爱我，当初我也想学着雪梅爱你的样子爱伍本报……"红儿说到这儿就捂着嘴巴笑了。

　　红儿提起伍本报，阿文就想起当年伍本报带他去月月红酒店吃饭。那个时候的红儿肯定不是她的真名，就像雪梅、月桂一样。雪梅的真名叫陈小雪，小雪节气生的。月桂叫章秋月，秋天生的。当时他没有心情去问红儿的真名，那时雪梅刚刚从黑峦峰跳崖。也就是在那个背景下，他和伍本报坐在红儿的"哥俩红"包房吃饭时，他对红儿和她的月月红酒店没有什么好感，对她的酒店十二个包房以红命名，诸如"一心红"到"月月红"，总感觉没有雪梅以花卉命名来得素雅。或许是雪梅的死，以及雪梅对自己太用情，当时他还沉浸在悲哀之中。那时候他眼睛看到的都是灰蒙蒙的颜色，情已绝、心已死，对什么都不感兴趣了。红儿第一次见他时所表现出的情意绵绵、风情万种，他没有一点儿感觉，一切形同陌路。当然，如果不是有雪梅以及和雪梅的那段说不清道不明的情事，或许他对红儿的感觉就不一样了，或许会上演另一个版本的爱情故事。这是有可能的，毕竟那个时候他孤身一人，需要异性的温暖。

　　他今天才知道红儿当年曾经暗恋过伍本报。很显然，当年的红尘女子红儿竞争不过青春少女余末。还有一点，当时伍本报和自己不一样，他是黑山日报报社的总编，身份、地位、家庭，以及心情都不允许他放任自流。他不可能跟红儿有婚外情。就算两相情愿，有几次肌肤之亲或许是有可能的，但绝对不会像自己和月桂那样成为长期的性伙伴。那时伍本报没有这个胆量，就是现在的他和余未恐怕也是精神相恋，前些时候去"李好"农家乐可以看出来。要知道，男女之间一旦突破了防线，有了实质性的内容，那表现是不同的，想掩饰都掩饰不了。如果是这样，那么青春美丽的余未就惨了，二十年守身如玉，那还真是个奇女子。当然，社会上无奇不有，或许余未自己并不感到悲哀，保持并珍惜那种男女纯情，也是一种幸福，只是俗人难以理解罢了。

阿文笑着问红儿："当年你没和伍本报那个一下？"

阿文说的"那个"是指肌肤之亲。

"我倒是想啊，可他……"

"这就是你没用了，你若和他那个了，他还跑得了吗？"

"强扭的瓜不甜，这你还不知道？你和雪梅那个了？"

"没有，真的没有。如果当时有的话，我想雪梅不会自杀，你说呢？"

红儿叹了一口气说："你们男人啊，个个都是混球，不懂女人的。"

这个阿文知道，但他那时对雪梅不能那样，这不仅是对月桂的尊重，更重要的是怕再次伤害雪梅。相爱难长久，相伴无尽头，这可是残酷的事。或许事与愿违，也就是与雪梅没有那样，才导致雪梅对人生彻底失望而走上绝路。对于自己和雪梅应该如何处理他们之间的关系，是对还是错，他到现在都没弄明白。

阿文突然想起伍本报的事，他问红儿："伍本报现在怎么样了？超市的事处理好了吗？"

红儿看着阿文，一脸的疑惑，她说："超市什么事？我不知道，好长时间没见到他了。"

阿文一听就明白了，不再深问，而是岔开话题问道："今天来干吗？有事吗？"

红儿笑着说："你不问，我还真的忘了。文哥，你真的是有魅力啊，女人见到你就魂不守舍，难怪雪梅对你要死要活的，我当时要不是碍着雪梅，也会要死要活地把你搞到手，你信不？"

"我信，你是敢作敢为的女子，你就是达不到目的，也不会像雪梅那样，对不？"

红儿说："也对也不对。死是不会的，要想死我都死过多少回了，但像月桂那样子割个手腕、吃点老鼠药什么的，也是有可能的。呵呵呵，不说我了，你不知道今天文子和莞生要去英国了吗？他们没告诉你？"

"没有。我就说那天之后怎么没有动静了，我以为莞生难办文子的出国手续。"

"弄了个旅游签证，去了以后再慢慢想办法。他们今天下午的飞机，先到北京再转机。"

"哦，是这样子。"

他们正说着，月桂进来了。月桂进来看见红儿，脸上闪过一丝醋意，马上笑着说："红姐来得快啊！"

"是啊，来晚了只能喝洗碗水了，呵呵呵！"

这时，文子和夏莉进来了，后面跟着莞生和阿芳，让阿文惊讶的是阿春也来了。

阿春还是小媳妇样子，扭扭捏捏，一双手不知怎么放才好，一会儿双手合拢，一会儿散开吊着，站在那里目不转睛地盯着阿文。阿文见是阿春，立马起来说："阿春，快来坐。"

阿春看了看其他的人，犹豫了一下，这才走到阿文身边坐下，两腿并得紧紧的，双手放在膝盖上，她小声喊了一声："哥。"

莞生和阿芳忙着给他们倒茶。文子坐在那里不吭声，也不抽烟。阿文递过一支烟给他，他说："爸，前几天我戒烟了。"

阿文惊奇地看着文子，片刻才说："嗯，好，浪子回头金不换。出去后一定要听莞生的话，自己也要保重。"

"知道的。"文子答道。

阿文转头去看阿春，问道："你现在生活怎么样？有收入吗？"

阿春说："有的。大屋只我一个人住，有几家做生意的人租住，每月有租金，我一个人用不完的。哥，你不用担心我。"

如果其他人不在场，阿文还想劝阿春再嫁，找个依靠。当年他多次劝她出嫁，她死活不肯，固执得很，说多了就说老阿婆要走了她就跟着一起去，阿文对她根本没有办法。阿春是个孤儿，当年是老阿婆收养她，想让她做阿文的媳妇。尽管在老阿婆的威逼下阿文和她圆了房，没有公开举行结婚仪式，但是阿春知道他不会娶她，她和他不般配，是老阿婆的一厢情愿，她只想跟他生个儿子，报答老阿婆的收养之恩，自己也有个依靠。

阿文的婚姻自己也做不了主，跟夏莉结婚是父母逼的，跟阿春圆房是老阿婆逼的。像他这种情况在当下确实不多见，虽说黑山是县级市，但老一辈传统思想观念很难改变。

阿春曾经怀过一胎，阿文坚决要她打掉了，他也是为阿春着想。想想如果那孩子生下来，现在也有二十多岁了。阿文想到这儿，脱口说："阿婆过世时，我……"

阿春说："阿婆过世前，嘴里天天念叨你，叫你的名字，我们没办法，只能哄她说你在路上，就要回来了。临过背时，回光返照，阿婆还骂我、骂爸，说我们都骗她，叫我们快去找你……"

阿文听到这儿，眼泪禁不住流了出来，其他人也都流泪了，夏莉更是嘤嘤地小声哭着。

阿春抹了抹眼泪，说："哥，别哭了，是我不好，没照顾好阿婆……"阿春说不下去了，趴在阿文的腿上又放声大哭起来。

过了一会儿，红儿说："好了好了，老阿婆过世多年了，哭也没用。今天文子出国是大事、喜事，大家该高兴才是。"

她这么一说，大家都不再哭了。莞生说："请大家下去吃团圆饭吧，欢送子哥出国。"

大家便起来去餐厅。月桂和阿文收拾房间后才出门，阿文问月桂："我该送点什么给文子？"

"送什么？你有什么东西可送的？给他两本书？他还难

带出国。说几句好话就行了，别一本正经地教训他，你以为你是谁啊！"

阿文瞪了她一眼，月桂就去挠他的腰，然后靠着他向电梯走去。阿文又说："你们事先也不跟我说一声，我应该带文子和莞生去阿婆、爸妈和雪梅的坟上拜祭一下的。莞生很快可以回来，可文子一去不知何年能回了。"

"看不出啊，你还像个父亲了。"

父亲？阿文想，父亲两个字很沉重。父字，从又举杖。家长率教者。矩也。甲骨文字义，像右手持棒之形。意思是手里举着棍棒教子女守规矩的人是家长。如此说来，自己是父亲吗？或者说尽到了父亲的职责吗？没有。文子长到这么大，恐怕和他没说过十句话。教他守规矩？自己都是不规矩之人。当然，自己的父亲教育自己的方法简单粗暴，或打或骂，别无二法，但他是无文化之人，粗人只有用粗办法。自己离经叛道，虽然是反抗，但何尝没有放任自流的成分呢？自己的行为肯定无形之中对文子的成长有决定性的影响，加上夏莉对他的娇生惯养，应该说文子走到这步还算是好的，还好没有坏到不可救药的地步。当然，如果自己还在海南，大家不想办法挽救，文子肯定要发展到更坏的地步的。

是自己影响了文子，还是文子到了一定年纪自己顿悟了？又或是莞生使尽了各种办法？阿文满脑子在想这些问题。文子答应出国，这就是好的开始。阿文还想，除了出国，离开文子的那帮狐朋狗友，还有没有更好的办法呢？或者说，文子出国了就能真的变好？

…………

吃饭的时候，阿文看见和自己有关系的人该到的都到齐了，想着雪梅要是还在，那该多好。想到雪梅，他不禁又暗自伤感。大概是月桂看出了他的心思，便举杯对大家说："来来来，大家一起再敬文子和莞生一杯，祝他们一路顺风！"

红儿积极响应，她说："对对对，一路顺风！"

饭后，夏莉和阿芳坚持要去机场送文子和莞生，红儿也要去送干儿子，阿春看着阿文没说话。其实阿文也想去，文子说："爸，您就别去了，您喝多了酒，在家休息。"

阿文听了点点头，内心很高兴，他感觉文子成熟了，不需要自己再担心了。阿芳要去送，这可以理解，她爱上了莞生。

于是，红儿开一辆车，酒店开一辆车，一伙人去了机场。

在酒店门口，阿春磨磨蹭蹭不想离开，一往情深地看着阿文。阿文猜测她是想留下来，或者想要自己跟她去老屋。阿文看了月桂一眼，月桂眼里满是期待，意思很明确，不同意他去。阿文对阿春说："我过几天抽空去看下老屋，今天酒喝多了，不去了。"

阿春"嗯"了一声就走了。阿春还不到四十岁，正是年轻有活力的时候。阿文醉眼蒙眬地看着，心里怦然一动。

他和月桂上楼后，两个人又大汗淋漓了一场，这正是月桂期望的。

天黑时分阿文醒来，房里没有月桂，估计她自己回去了，睡觉前月桂说过晚上局里有个会。阿文躺在床上想，按照时间，文子和莞生现在应该在去英国的飞机上了。

这时，床头柜上的手机"嘀嘀"作响，他打开一看，是"油乐坊"开始"榨油"了（他们称作打油诗为榨油）。群主沈力先贴了张照片，照片上一只小老鼠趴在一只蟾蜍的背上在水中漂。

沈力先来了四句："老鼠与蟾蜍，随波逐浪徐。虽为落难人，学做水中鱼。"

词作家"哆来咪"马上跟一首："榨主本属鼠，名花早有主。与其跟蟾蜍，不如嫁给猪。"

画家李奇也开始榨油："一池浊水起微波，小鼠失足掉下河。乌鸦不嫌母猪黑，背起回家做老婆。"

户外跑吧的明哥接着榨："大水淹了地洞，小鼠如鸟惊弓。幸得蛤蟆救起，邀它暂住蟾宫。"

"哆来咪"又来一首："蟾蜍背小鼠，结缘那场雨。虽是陌路人，情愿把身许。"

阿文看得哈哈笑，于是也来几句："大水淹了地洞，小鼠如鸟惊弓。幸亏蟾蜍讲义，否则无处过冬。"

"哆来咪"又和："大水淹了地洞，小鼠如鸟惊弓。幸亏蟾蜍讲义，邀它齐去大农。"

"大农"是有出处的，是沈力与人合股经营的"黑山市大农生态种养殖基地"的简称。基地在黑山市郊的岭上村，两千多亩，养猪养鸡养泥鳅，栽竹种树育苗圃，青山绿水，四季有花，一派田园风光。"油乐坊"的油工们节假日经常去他那里聚会，喝酒打油，很是快活。沈力扬言要把"黑山市大农生态种养殖基地"建成黑山市第一家，还计划盖几个像杜甫草堂那样的亭台，建几栋小楼，油工们一人一套房，退休后聚在一起欢度晚年。沈力和阿文说过几次，邀他去玩，只是七七八八的事扯着没去成。

阿文突然想起前不久看过的电视剧《红高粱》的插曲，于是也借曲改词来一首："身边的那汪洪水啊，身下的癞蛤蟆，洪水汹涌黄满天，九儿我带你去大农庄……"

阿文的歌词一贴，群里一片欢叫声，有的人竟用语音录唱，个个笑得人仰马翻，不亦乐乎。

沈力眼看要引火上身，赶快出来榨一首算是做总结："老鼠爬上癞蛤蟆，引得众工来榨油。诸言都赋高大上，它们瞪眼咕咕咕。"

"油乐坊"的人都是明白之人，也就不再进一步深入调侃沈力，胡乱说些其他的事。阿文感到无味，又感觉肚子饿了，于是退出群来起床下楼去寻吃食。

十

  阿文去老屋的路上看到孟敬轩蹲在地上和几个人在打牌。那三个人像是拖板车卖苦力的，他们身后放着两辆板车，一个人坐在板车扶手上。孟敬轩正专心致志打牌，没看见阿文，阿文也没和孟敬轩打招呼，径直离开了。他边走边想，这个孟敬轩竟然沦落至此。想当年他写报告文学，四处寻找素材，采访回来后没日没夜撰写，是何等上进，如今却……阿文不愿多想了，加快了步子离开。

  他路过麻辣烫老九的店，店中无客，杨美中一个人坐在椅上仰头闭目养神，就是没看见老九。他心想这老家伙还真是那么回事，不离不弃，比自己当年用情多了。他本想进去向杨美中请教养生之道，但看天色已晚，怕阿春等得心焦，就没跟杨美中打招呼，沿着黑水河边向老屋走去。

  二十年未回黑山，老街还是那样子，窄窄的小巷，光滑的石板路。小时候光着脚在石板上奔跑，现在还有晒热了的石板烫脚板心的感觉。沿河的一边有人高高低低建了些钢筋水泥房，坏了原先出门见河的景致。自己的老屋门前没有建筑物，还是去河埠洗衣的一溜石板阶梯。石板阶梯上有两个小女孩坐在那里玩手机游戏，她们看了阿文一眼，又继续低头看手上的手机。阿文不认识她们，不知是谁家的小孩。看到她们，就想起当年他和阿春也是经常坐在这儿玩的，当年没有游戏可玩，他们就一起看小人书。

阿文站在那里看河边景致，感觉这么多年来像是在做梦，做春秋大梦，这个梦几十年都未醒。这时，阿春出来喊他："哥，快进屋啊！"

阿文回头一看，阿春今日穿了件红色羽绒服，像余未那天在王家大屋穿的一样。

老屋是他的曾祖的曾祖明末清初从河南迁到黑山时建的，到现在有几百年的历史了。老屋有两个天井，一进三重，两边一溜厢房，地面全是青石板铺的，发光发亮。厢房的横梁、窗户的格子都雕有木雕，保存不多。记得大门口两边有一对石鼓的，刚才进来没看见，他问阿春："门口一对石鼓呢？"

阿春说："不晓得是哪个剁头崽去年半夜偷走了，我去派出所报了案，到现在都没有信息，气煞人！"

阿文发现阿春现在说话的口气很像老阿婆，还有神情。

一重、二重租给了经商的三户人住，阿春住尾重。尾重原先是老阿婆住的。刚才他们走过的时候，那三户人家的女人都蹲在天井边烧火做饭，她们不认识阿文，脸上满是疑惑的表情，阿春对她们说："我哥回来了。"

她们点头并答应着，直起腰来，目光一直随着他们走到最内重。

内重中堂的神龛上供着文家的几位祖宗，祖宗的木牌被烟熏得墨黑，看不清字了，阿文记得哪个是哪个的。神龛上新添了三块木牌，一块是老阿婆的，另外两块是阿文父母的。

阿文站在神龛前看，阿春递给他三炷香，阿文扭头看阿春。阿春说："要敬香的，尽管不是祭日。你二十年没回，要向老祖宗报告，否则老祖宗们要怪你的。"

阿文听了一笑，便掏出打火机点燃香头，然后跪下，双手举香过头顶，恭恭敬敬向神龛拜了三拜。拜完，阿春赶紧挽他起来，并用手拍打他膝盖上的灰尘，嘴里念道："老祖宗莫怪啊，保佑啊，保佑我哥啊！"

阿文插了香，拍拍手，又仰头看神龛，眼角有些湿润了。阿春赶紧拉他进屋，怕他一激动要哭了。

阿春住在阿婆的房里，睡的还是阿婆的老式眠床。阿文说："你怎么不换张床呢，老眠床不好睡的。"

"是想换，只怕换了老眠床就没有了，所以没换，睡惯了还行。"

阿春把饭桌摆在这房里，菜都上了桌，几盘几碟，都是阿文过去喜欢吃的。阿文坐下来就夹菜往嘴里送，每一口都充满了回忆。阿春笑着问："哥，喝酒不？"

阿文抬头问："有没？"

"有，阿婆的酒还在瓮里，就是不知道敞了气没有。"

"你去舀一碗来尝下。"

阿春拿着碗转到床后去舀了一平碗，边走边嗅，感叹道："还好，没馊气，酒气直冲。"

这酒是阿婆在时常备的，里面加了文家的家传秘方，养身壮阳。年轻女人不能多喝，喝多了发性，难以控制。老妇女可以喝，暖身安眠。

阿文喝了一口，对阿春说："嗯，还是那味道。你也来一点儿。"

阿春脸顿时红了，说："女人不能喝的，你不记得阿婆说过？"

"喝一点不要紧的。"阿文说。

阿春就起身去床边老桌上取了一个陶瓷茶缸，然后去床后舀了大半缸，笑着慢慢抿，陪阿文喝酒。

"你平常没喝？"

"一个人喝它做什么？醉了哪个管？"阿春话中有话，阿文听懂了。

他们沉默了一会儿，继续喝了会儿酒，这时天色早就黑清了，院子里静静的没了人声，那三户房客估计也都休息了。阿春问阿文："哥，给你再去舀点？"

阿文把碗底的酒全部倒进嘴里，说："不喝了，喝多了我又要打你的。"

阿春说："你还记得打我啊？"

阿文记得二十年前，也就是他带雪梅第一次来老屋，后来雪梅有事回酒店，他和阿婆还有阿春一起吃饭，喝酒时对阿春也是这样说的。那晚他没有走，和阿春睡了一夜，从此一别二十年。

阿春见阿文不说话，就着急收拾碗筷。阿文坐在一边抽烟，眯着眼睛看着阿春在面前晃来晃去，晃着晃着心里就有了冲动。他起来去关门，然后拉着阿春要上床，阿春笑着说："还没洗呢，我去打水给你洗。"

阿文就往床上一倒，躺在床上吐大气。

阿春端来一盆热水替阿文洗好，盖上被子，自己又去舀水净身。阿文听见阿春把盆里的水撩得哗哗响，就抬起身子来看阿春洗。阿春蹲在地上两下就洗好了，然后剥皮似的迅速脱光衣服上床，钻进被窝里抱紧了阿文。

阿春躺在他身边说："以前我说要生的，你硬是不肯，要是那时不打掉，现在也二十岁了，也能帮我做事了……"

阿文听见阿春在轻轻抽泣，便侧过身来，抚摸着她，说："唉——我也是为你着想。"

"这回要是怀上了，打死我也要生下来。"

"可能吗？我都快六十了。"

"我不管，我就要！"

阿文听了心里笑，自己这把年纪不可能还有生育能力的，他便拍着阿春的脊背，说："好好好，生一个大晚崽，晚崽聪明。"

阿文睡到第二天中午才被手机铃声吵醒。他打开手机有气无力地"嗯"了一声，听了一句就"啊"地一下子坐了起来，然后说："死了？什么时候死的？"

电话是尚斌打来的。尚斌告诉他诗人江一冰死了。

阿文的一声"啊"，把坐在门外择菜的阿春吓了一大跳，连忙跨进门来，看见阿文坐在床上接电话，这才连连拍自己的胸脯，说："啥事啊，这么大声？娘哎，吓死我了。"

阿春紧张是有理由的，她晓得阿文昨夜太累了，怕他身体受不了，得了什么病。她前几日听房客说了一个风传的故事，说是开发区一个和杨美中一样年纪的人去按摩厅嫖娼，见了年轻美貌的小姐很激动，在床上很用劲，当场死了，后来公安的解剖说是脑出血和心肌梗死。对于这种死法，黑山的老人说这是"腹上死"，以前也有过，一般都是年纪大的人才发生。

阿文接完电话就穿衣下床，对阿春说："我要走，一个朋友死了，要去帮忙料理后事。"

阿春递给他拧得半干的洗脸毛巾，说："吃了再去啰。"

阿文擦了两把脸，说："算了，没什么胃口，懒得吃了。"说着要走。阿春又说："看我的脑子，刚才给你煮了糖水蛋的，吃了蛋再去。"

阿文就站着不动，阿春赶紧去锅里盛糖水蛋端来，阿文只喝干了碗里的糖水，蛋没吃。他喝糖水时看到阿春站在面前眼巴巴看着自己，他用右手拍了拍阿春的脸蛋，说："嗯，糖水清甜的，好喝。"

"把蛋也吃了哦？"

"吃不进,等下你自己吃。"阿文说完就走出门,阿春一手端碗,一边扶着门框,含情脉脉地看着阿文走出大屋,然后把碗往床头桌上一放,像泄了气的气球一般躺在床上不想动了。她知道,阿文这一去,又不知何时能再回来。

阿文赶到黑山市殡仪馆时,"黑山八怪""十姊妹",还有杨美中都来了,他们三个一群四个一伙站在那里说话。阿文跟他们打过招呼后径直去看水晶棺里的江一冰。江一冰脸色惨白,有些浮肿,戴着眼镜,只是眼镜片起雾,看不见他的眼睛。尚斌在旁边说:"今日早上发现的,是黑山河清洁船工捞垃圾时发现的,大概是昨夜溺水身亡。"

"公安的人没来?"

"来了,检查后没做结论,不知道是他杀还是自杀,反正很蹊跷。他身上没有伤痕,钱包、身份证、手机都在,衣裳也穿着正常。"

"哦,昨夜哪个晓得他的动向?"阿文问。

"我问了,都不晓得,都没跟他在一起。"

"他家里的人呢?"阿文又问。

"江一冰屋里没什么人,父母都不在了,一个老弟在广东打工,可能在赶回的路上。"

"他老婆呢?"

"老婆?你是问哪个老婆?"

"啊?江一冰有几个老婆?"

"结了三次婚,离了三次婚,所以不晓得你问他哪个老婆。"说到这儿，尚斌要笑，看场合不对就忍着没笑出声来。

阿文听了也想说句玩笑话，比如说应该给江一冰发个结婚离婚冠军奖杯，或者授予婚姻大师称号之类的，但他也忍着不说了。只说："后事是怎样安排的呢？"

"也没有什么安排，等他弟来后再说，总不过是烧了埋了了事，更何况他死得不明不白的，我估计他单位的也不会很重视。"

阿文说："人死事大啊，总不能……"阿文不说了，他也不知该说什么。

他们离开水晶棺，坐在隔得不远的木椅上，伍本报、张包、李奇、杨美中他们几个人也过来坐了，"十姊妹"都站着围在两边。阿文看了大家一眼说："我们为江一冰做点什么吧，气氛太冷清了。伍本报你说呢？"

伍本报说："你是老大，你安排。"

阿文发现伍本报在抽烟，他是不抽烟的，可能是殡仪馆有点儿异味。他想了一下，说："大家都是多年的朋友，不管是怎么死的，最后送他一程，稍微搞热闹一点儿，免得别人说文坛无人，不讲感情，是吧？我看就这样吧，请杨大师总管江一冰的法事，什么念经超度，音响乐队，棺材石灰，墓地选址，抬棺下葬，等等之类的都由你负责。"

杨美中说："好，我有许多这方面的人，电话一打就来，只是要点费用。"

阿文说："钱我先垫下，用了再说。"

他又对尚斌说："你年轻勤快，就做杂事，买花圈、火纸、香、鞭炮、供品等东西。书法大师李奇写挽联，我看写两副吧，灵堂和大门各一副。"

李奇将了将头上的长发，说："好说。只是挽联得你来作，你水平高，我一时作不来的。"

阿文扭头对伍本报说："伍领导也动个手，写悼词并致辞。张包呢，你负责迎来送往，接礼登记，以及整个开支，账务要搞清楚哦，搞错了你自家赔。"他说着就掏出一万块钱递给张包。这钱本来是给阿春的，阿春死活不要。

阿文安排完问伍本报，说："伍领导，你看这样行不？"

伍本报说："好，滴水不漏，不愧是大作家。"

阿文本想调侃几句伍本报的，想到还有许多事要做，就不说了，叫大家分头行动。杨美中一连打了几个电话，然后跟阿文说："乐队马上来。"

人一散，阿文突然想起没安排"十姊妹"做事，又一想，也没有"十姊妹"可做的事，叫她们搀人陪哭倒是好角色，可江一冰没有姐妹，父母都不在了，没有人哭。他对杨美中说："对了，乐队有哭丧的人吗？"

杨美中说："应该有，没有叫他们去请。"

阿文对老九说："老九啊，你就负责这些人的吃喝吧，看你是送来，还是大伙到你那里去吃？"

老九说："我看每餐还是去吃得好，天寒地冻的，一送来就冷了。"

阿文说："可以，你们'十姊妹'就在这里守着吧，凑个热闹。"

　　"十姊妹"基本同意，只有老三"黄花花"说家里有事，不能陪，她没说是什么事。阿文理解，她是不愿意陪。上次吃饭江一冰伤了她的心，今天能来就不错了，还算是个讲情义的女人。在这空儿，老大"白菜心"介绍了他们以前没见过面的几个姊妹。吃斋的老二"葫芦"，阿文注意到老二一直右手中举在胸，一脸严肃，嘴里不停地喃喃地说着什么，大概是在念经，或者是在唱李娜唱的《大悲咒》。老四"海带"，年轻靓丽，丹凤眼，眼角上扬，一看便知是不一般的人物。与张包说不清楚的老六"黑葡萄"也来了，皮肤果然有点黑，还真的有点性感，大冬天穿得比别人少，薄薄的黑色羊毛衫，肩上披着暗红色的不知是披肩还是围领的一块大格子布。老十"甜饼"个子矮小，圆脸，两个浅浅的酒窝，脸上不笑也在笑。

　　这时，李奇拿着笔墨来了，左腋下还夹了一沓白纸，他对阿文说："联呢？"

　　阿文说："还没想呢。"

　　李奇说："快想，等下人来了还没贴，不好看的。"

　　阿文就叫他铺纸研墨，稍微想了一下，说："灵堂的就写……"他想着，见李奇裁好了纸，便念道，"上联，一世因情情断一世；下联，冰心为诗诗化冰心。"

　　李奇提着笔朝阿文一竖，表示称赞，便在纸上写起来。阿文又想大门的挽联，想着想着，想起雪梅来。雪梅死后也是放在这殡仪馆的，她的丧事都是自己亲自操办，记得为雪梅写的挽联是：雪白如玉遭风遇雨终为水；梅洁似丹魂飞魄散空留枝。没想到二十年后自己又为朋友在这里作联，人生无常啊！他想起清代词人纳兰容若的一首词："山一程，水一程，身向榆关那畔行，夜深千帐灯。风一更，雪一更，聒碎乡心梦不成，故园无此声。"

在阿文沉思之际，李奇已写好第一副挽联，拿着纸巾按了按纸上未干的墨迹，然后举着去灵堂两边贴。阿文一看他是用正楷写的，笔笔到位，透着劲道。他想好了另一副挽联："魂归何处音容宛在；诗映文坛作品永存。"

在李奇写这副联的时候，杨美中叫的乐队来了，四男三女。男的提着乐器，一把长号，一面斗笠大的铜锣，两片海碗口大的铜钹，一把唢呐。女的一个管音响，两个负责哭。他们都穿着制服，白色的，肩上还有红色的肩章，阿文看了感觉不伦不类，滑稽好笑。杨美中跟他们耳语一番，那个吹号的就举着长号鼓满腮吹响了长号，"呜——"其他的几个人跟着弄响手中的乐器，响成一片。那个负责哭丧的中年妇女拖着哭腔哭了起来，哭声还带有悲伤的味道：

冬季里来大雪飞，

片片雪花打窗楣。

满屋满床都是风，

寒风寒气冻成灰，

娇莲找谁把脚偎？

冬季里来大雪飞，

屋檐吊满凌冰坠。

十根断头九根落，

根根畏寒滴冰水，

阿哥孤雁独徘徊。

　　阿文一听就知道她唱的是黑山本地的山歌《四季想郎》。
这歌本是男女对唱，女问男答，各唱一段，现在她一个人唱，
加上她的哭腔配上特定的乐器伴奏，还挺像那么回事。

　　灵堂一布置，乐队一响，悲哀的气氛就有了。女人易动情，
"十姊妹"中有几个眼含泪水，不时用手帕擦眼泪。阿文联想
到去世的亲人，鼻子也酸酸的。

十一

处理完江一冰后事的第二天，阿文去了海口。因为他的长篇小说《海口之夜》印制好了，海口出版社为他举办新书出版座谈会。

他是一个人悄悄去的，没惊动任何人，也没叫梅园国际大酒店派车送他去机场，就像二十年前突然消失一样。他曾想带月桂去，这个季节在海南好过冬。但考虑到过多和月桂亲近反而不好，婚结不成，太亲近对自己和月桂都有不好的影响，特别是月桂，她现在还在上班，又是领导。又想带阿芳去，孩子长这么大也没关心过她，心里总是有亏欠，但考虑到阿芳现在的身份，一旦公开她是自己的私生女，恐怕社会舆论对她不利，也就放弃了。还想到带阿春，可阿春要照顾养女招弟。想来想去，干脆什么人都不带了，还是自己一个人去。

新书出版座谈会是老一套。媒体记者、文学评论家、出版社重点作家、几个选来的读者，再就是出版社的领导、海口作协的领导，等等，你一言我一句轮流发言，都是赞扬的话语。

什么《海口之夜》是本年度长篇小说创作的重要成果之一；什么《海口之夜》深刻反映和揭示了海口历史的深刻内涵；什么人物塑造个性鲜明，语言带有浓厚地方特色。领导讲话都是从政治高度来评论，评论家们则是从艺术上阐释，说是评论阿文的小说，更多的是借船过河宣扬自己的理论观点和文艺主张，言之凿凿却又雾里看花。会一散，他们说的也就像雾一样散了，不知道他们说了什么，脑子里没留下只言片语。按照惯例，末了是作者答谢并谈创作体会。阿文本来有话要说，他也能说，以前几次座谈会他发言时口若悬河，滔滔不绝，如果不是会议要求只能讲十分钟，他一个人可以包圆。当然，尽管座谈会是走形式，他知道座谈会是推介小说和自己的好时机，不可小觑。但他今日却感到索然无味，似乎江一冰的死还在影响着自己的情绪，提不起神来，只说了几句感谢的话，没谈创作上的事。

来海口的第二天，他听说了江一冰之死的好几个缘由。

第一个版本是尚斌说的。尚斌说江一冰头天晚上和他的情人在太子宾馆约会，两个人正搞得火热之时，被情人的老公捉了现行。那女人的老公是开出租车的，打江一冰就像甩方向盘似的，从床上丢到地上，从地上摔到墙壁，两个回合下来江一冰就成了死狗，窝在地上只有喘气的份儿，根本不敢站起来与司机较量和理论。如果不是司机怕出人命坐牢，恐怕还会一气狂飙，那江一冰就出不了宾馆，只有救护车帮忙才能去医院了。据说，司机在揍江一冰时，那个女的光着身子坐在床上看，后来还是那女的说了一句什么话，才停止了对江一冰的一顿暴打，饶了他一命。至于那女的为什么不畏惧老公呢？据说她老公阳痿，她老公无计可施，只能眼睁睁看着老婆外出觅食，但又心中不甘，捉到谁就找谁出气，一泄心中之愤怒。据说那女的是主动找上江一冰的，江一冰又好这一口，于是成了冤大头。那出租车司机扬言要去江一冰单位找领导告状，江一冰害怕便跳了河。江一冰是不会水的，跳前喝了半斤酒，加上一惊吓，跳进水里泡都没冒一个就沉到水底了，直到肚子灌满黑河水才浮上来，被船工用三个齿的长耙捞起来。

尚斌在电话里跟他说这个版本时，阿文根本不相信是这么一回事。因为当时在殡仪馆尚斌说过，江一冰死时身上没有伤痕，穿着整齐，如果是被出租车司机一顿惨打后跳河，出租车司机手脚重，青一块紫一块是少不了的，身上不会没有一点伤痕。

没过多久，尚斌又打来电话，说刚才讲的是江一冰以前的故事，三年前的艳遇。说着尚斌在电话里大笑，笑后说是讲出来也是创作的好素材呢。阿文笑不起来，尽管这不是导致江一冰死亡的真正原因，但也不是什么好事。

另一个版本是李奇跟他说的。李奇说的故事与尚斌不同。尚斌是记者出身，实事求是，不会渲染，更不会添油加醋。而李奇就不一样了，他讲故事就跟他画画一样。

李奇说："那冇结果啰，江一冰的确是跳水自杀。说是那天晚上一帮写诗的朋友在黑峦峰下'敬轩亭'聚会，又喝酒来又作诗，闹得一塌糊涂啰。江一冰最出劲，挽着一个女子的细腰，

108

为这女子献诗。这女的不是写诗的，两个人一口气喝了十二杯酒，月月红啊，喝一杯作一句诗，酒完诗成，浪漫得很啰！"

阿文问作了一首什么诗，李奇说："新体诗，哪个记得啰？反正是爱情诗。想象大胆，语出惊人。说要用诗歌的力量找回那失去的，构成一个完美无缺。具体诗句不记得，反正是这个主题，那冇结果啰。"

李奇喜欢说"那冇结果啰"，意思是不得了，没有结果，这是李奇家乡的出口腔。

阿文知道江一冰作得出这样的诗来，他骨子里放荡不羁，是狂放派诗人。但是，作这样的诗与自杀有什么关系呢？爱情诗不能促使他心灰意冷去自杀啊。对爱的追求，对美被摧毁，尽管诗人无力，但也不至于绝尘而去。

李奇又说："他们开始是蛮好的，比较正常，比较文雅。尽管诗语露骨，但诗人们都能接受，就算不是写诗的人也不当回事。可是江一冰老毛病一上头，闹到高潮时竟然当着许多人的面去摸那女子。可能是那女子受到侮辱，打了江一冰一耳光，还骂了他一句流氓，然后那女子转身就走了，集会就不欢而散，就像我们那次吃饭，他摸老三'黄花花'一样。这个江一冰啊，就是喜欢动脚动手，这毛病害死人。"

这是江一冰死的原因吗？阿文想不会。江一冰经常做这种出格的事，常常弄得自己灰头土脸的，无非是面子难堪，情绪低落几天，过后又是原样，自杀绝对不是为了这。

李奇说："后来他们散了，有人看见江一冰一个人站在黑水河边看月亮，他们大概也知道江一冰的德行，也没管他。上次我把江一冰从酒桌上拉走，他也是站在河边看了大半天，死活不肯回去。当时有我陪着才没有出事，这次恐怕是在劫难逃，想不通跳了河。"

尽管李奇如此说，阿文还是不相信江一冰为了一女子难堪到自尽，但他又想象不出江一冰死亡的真正原因。

那次在梅园国际大酒店"黑山八怪"吃饭后，杨美中跟他说过，说江一冰死人相，此人命不长，且是恶死，只是此人才高八斗，甚是可惜。当时以为杨美中是故弄玄虚，没当回事，没想到果然被他说中了。当时，他还笑杨美中是不是看上了老九，杨美中直言不讳地说他与她有段姻缘，但婚后有厄。

江一冰之死，自己也是没尽到朋友之责的，如果提醒下江一冰，改了坏习惯，说不定江一冰不会死。杨美中也是的，明明看到江一冰有死人相，也该提醒，救人一命胜造七级浮屠。当然，算命打卦的有他们自己的规矩，所谓天机不可泄露。

阿文知道，为什么算命打卦的多数是盲人呢？是有来由的。据说，算命打卦的鼻祖原本目光如炬，是有一双能一眼看到人福祸的天眼的。这鼻祖有次看到一个美丽女子要遭灾，实在不忍心就和那女子说了，那女子在他的指引下化险为夷。可天上主管这个行当的神仙发现了，起火发怒，认为他破坏了规矩，便双指一指，两束巨光戳瞎了鼻祖的眼睛。从此，这个行当的人不敢乱说了，就是看到什么也不明说，含含糊糊地说些摸不到边际的言语让人去猜想,问急了就用天机不可泄露挡之。

当然，杨美中是跟自己说了，但这只是事情的一半，如何化解才是解决问题的根本。阿文晓得，就是找杨美中求化解之法，估计多少钱他也是不会说的。生死有命，富贵在天，这就是江一冰的命数。

张包打电话来说了江一冰死后的情况，说正在为江一冰打官司。

阿文问："怎么又惹上官司了？"

张包说："是江一冰的弟弟找了我，请我为他哥的死讨个公道，要我跟那天一起喝酒的诗人们打官司。我主要是看在和江一冰多年的朋友份儿上才接这个案子，不然我也懒得管这得罪人的闲事。"

张包说的这句话是真的，打这官司无利可图，而且会得罪黑山的文朋诗友。

"官司进展如何？"阿文问。

"开了一次庭，情况就那样子，几个人是喝了不少的酒。嘿嘿，阿文啊，莫看诗人平常趾高气扬，纵横天下，可到了法庭个个都蔫头耷脑像个乖乖儿，问什么说什么，哪个敬了他几杯酒都如实交代，都拼命推脱自家的责任。他们都说是江一冰自己找那女子喝酒，献殷勤为那女子献诗，与其他人无关。"

"那个女子到庭没？说了什么？"阿文对这个女子很感兴趣。

张包说："唉，那女的开始不肯来，我上门做了几次工作才来出庭。你晓得她是谁吗？她是老六'黑葡萄'的堂妹，是老六陪我一起上门才做通工作，否则打死不来。"

阿文听后笑了，说："你跟老六的情场官司打得如何了？人财两得啊，嘿嘿！"

"瞎说！我跟她没有一毛钱关系，就是替她打离婚官司而已。"

阿文又"嘿嘿"两声，再问江一冰的事。

张包说："情况明摆着，酒喝多了是导致江一冰死亡的主要原因，谁都跑不脱，现在就是看每人赔多少钱了，我看每人两万少不了，一共八个人，十六万，如果江一冰的弟弟不答应，可能还要增加点。"

"一起喝酒，自杀，别人也要赔钱吗？法律有这规定？"阿文问。

"法律没有明确这条规定，但酒是致死的主要因素，他们有连带责任，这是无话可说的。所以啊，你以后喝酒要注意哦，喝死别人是要负法律责任的，喝死自家我可以替你打官司，嘿嘿！"

阿文说："嘿嘿个卵！别人有官司你好赚钱。对了，江一冰的弟弟为何想要打官司找他们赔钱呢？"

阿文想到了一个关键问题。

张包说："情况是这样的，那天他弟弟赶到殡仪馆，看见我们都安排好了，他弟弟感到很奇怪，心想这伙人是什么人？为什么这么尽心操办他哥的丧事？他大概知道我是律师，就悄悄地问我，我当然说是朋友帮忙啦。他很感激，在出殡时跟你们一个个下跪磕头，记得不？但这不是关键，关键是他跟我说了一个事。"

"一个事？什么事？"阿文问。

"是江一冰屋里的事，具体说是江一冰儿子的事。你可能不知道，江一冰结了三次婚，只有第一个老婆生了一个儿子。"

"我的手机快没电了，快说吧！"阿文催他。

张包接着说："他弟弟开始是问江一冰死后一次性抚恤金能拿多少，说他侄子要出国留学，他哥生前唯一的挂念就是这个崽。尽管侄子判给了大嫂，几次离婚已经让他一贫如洗，但他还是尽父亲的职责，每月按时把生活费打过去。江一冰跟他弟弟说过儿子出国留学需要帮忙，他最多只能拿出十万来。本来是想去美国的，可太贵，改去新西兰，便宜些，也要四十万。我和他弟弟说了，江一冰是公务员，按规定死后一次性可领四十个月的工资，应该有十来万，他说这钱还不够。可能是我当时一时激动，就说可以找那些一起喝酒的人打官司赔一点，他听进了，就叫我做代理律师帮他打官司，事情就是这么来的。阿文，我这样做对不对啊？"

"你不收律师费就更对了。"阿文笑着说。

"收个屁！我还贴钱呢。"

这点阿文信。有一点没想到的是这个时候张包能为了朋友两肋插刀，当年他可是财迷一个，典型的葛朗台。也没想到江一冰尽管浪荡江湖多年，还是个负责任的父亲，这点比自己强。他对张包说："对了，我那一万块钱你就转交给江一冰的老弟，算我支持江一冰的儿子出国留学，你叫他们都捐点，毕竟朋友一场，江一冰不在了，我们帮他一把。"

张包说："好，除了免律师费，我再捐一千。"

阿文又问："江一冰到底是怎么死的？是自杀，还是他杀？"

张包说："这重要吗？死都死了，与本案无关。"

阿文想，也是的，他杀又如何？自杀又如何？人死不能复生，追究死因终是徒劳无益。当然，他杀又另当别论了。

晚上，阿文站在海景房落地玻璃窗前，看着海风吹动着海边高人的椰子树，心绪随着树叶一起起伏。

半夜里，阿文做了一个梦，梦见江一冰赤身裸体站在黑河边的一块石头上，双手高举，仰着头对天上一轮残月高喊数句："李白，我来了……"

阿文惊醒过来，想起公元762年李白有可能就是在安徽当涂采石矶江上饮酒醉后，跳入水中捉月而溺死的。江一冰也是在学李白吗？难道他托梦于我，是要我在黑河边也建一座"捉月台"？

十二

阿文醒来睡不着，就靠在床头翻看一本《黑山客》的杂志。这本杂志是新书出版座谈会上一个陌生人送给他的，这人自称是黑山人，是他的老乡，《黑山客》杂志的主编。当时人多又嘈杂，并没有在意这位主编老乡。

《黑山客》是一本宣传黑山知名人物、文化、历史、地理等的综合性刊物，内部刊物，小十六开开本，铜版纸印刷，照片都是彩印的，而且尺寸很大，看得出主编的意图是想突出他选择的人物。每个人物都有一篇文字介绍，或长或短，全是溢美之词。封面除了市主要领导之外，里面的人物照片都是商界的，不是某某集团的董事长，就是什么有限公司的老总，最小也是个经理。这一期只有一个经理是黑山市电子商务城的，专卖当地土特产，经营什么土鸡蛋、火烤鱼、苦荞酒，看得出这个还真是专卖，专门经营黑山八大类有名的土特产。这个经理姓徐，是个女的，人长得很漂亮，秀发披肩。如今的女人都爱剪短发，有的女人的头发剪得比男人的头发还短。这个姓徐的经理之所以让阿文注目，读关于她的文章，一是她长得漂亮，二就是她的一头秀发。《黑山客》主编显然对这位徐经理情有独钟，关于她的文章比其他人物的介绍还长。不仅详细列举她所经营的土特产的名目、特色、价格、网上购物方式，等等，还添油加醋地写些土特产的历史传说和经典故事，以求锦上添花。比如说黑山的土鸡蛋，他说这不是一般的蛋，是贡品蛋，吃了黑山鸡蛋可以滋阴壮阳、延年益寿。又说相传乾隆下江南时，在黑山大山里饥肠辘辘，随行又没有东西可充饥，他们看见路边草棚门前有一老妪，就向老妪讨吃食。老妪家贫，无大鱼大肉，一时也来不及弄其他吃的，就把锣罐煮的准备给伢崽的几个鸡蛋给了皇上，乾隆吃了大声叫好。于是，乾隆下旨将黑山土鸡蛋列为贡品。

　　阿文听说过黑山土鸡蛋曾是贡品，但没听说过乾隆吃蛋的逸事，显然是《黑山客》主编的杜撰。尽管是杜撰，也可见主编的用心良苦和妙笔生花。

　　阿文又翻到杂志前面的栏目页，看到主编姓牛，叫牛八多。阿文一看不打紧，发现牛八多有一连串头衔。组委会常务主任、编委会执行主任、社长、主编、责任编辑、发行主管、首席摄影，等等。阿文知道了，《黑山客》杂志就是一个人的杂志。不过，这个人还真有一些水平和能力。

　　《黑山客》在"文苑琼丹"栏目中登了一则短信，报道阿文的《海口之夜》出版和海口出版社举办新书出版座谈会的消息，消息云：

"近日，海口出版社为黑山市著名作家阿文举办隆重的《海口之夜》新书出版座谈会。全国几十名著名作家、评论家，以及各大报刊、电视台记者云集海口，纷纷给予《海口之夜》高度评价，并称《海口之夜》将是下届'茅盾文学奖'的不二获得者。据可靠消息，诺贝尔文学奖评委、德国著名评论家马德海姆将《海口之夜》提交诺贝尔奖评委会，已获诺奖提名。长篇小说《海口之夜》是黑山著名作家阿文的又一部力作，洋洋洒洒三十万字尽抒作家胸中垒块。夜的海口和海口的夜，美轮美奂。《海口之夜》讲述的是清朝海岛人民与外来侵略者英勇斗争并取得胜利的故事。在台风中，海岛人民不畏艰险，巧妙利用台风打败侵略者，充分展现了中国人民团结一心保卫国土的决心和精神，情节曲折，人物形象鲜明……"

　　阿文看了直笑，这牛八多真能吹，真敢吹，吹得太没谱了！小说刚出版就获得诺贝尔文学奖提名？诺贝尔文学奖评委有这个马德海姆吗？由此可见牛八多的文章大多不实，含金量不高，仅是满足老板们的虚荣心而已。

　　这期《黑山客》"文苑琼丹"栏目还选发了余未的一篇散文《鸡公山抒怀》和江一冰获"屈子诗歌节"大奖的《黑山之歌》的部分章节。余未的散文不怎么样，流水账，记的是他们去鸡公山脚下王家大屋赏雪的情景。江一冰的《黑山之歌》果然不错，似长江之水滚滚而来，起伏跌宕，很有气势。意象和语言也有嚼头，有一二句可算是经典。阿文读了江一冰的组诗，觉得江一冰如果不死的话，还真有发展前途，出本诗集去获"鲁奖"也是有可能的。

阿文想：牛八多应该算得上是文化人，自己怎么不认识呢？黑山稍微有点名堂的文化人他没有不熟的，这牛八多是何方神圣？

看完杂志天就蒙蒙亮了，阿文下楼去跑步，照旧沿着白沙门路跑到海边，这时太阳刚跃出海平面。阿文活动活动身子，然后站在海边跟尚斌打了一个电话，询问牛八多。尚斌大概还在梦中，头脑还不清醒，说话嗯嗯哼哼的，过了一会儿才说："牛八多？牛八多那小子有名堂的哪，是个人物哪。你当然不认识他，你二十年前走后他才从大学毕业，你怎么认识呢？他先在一个单位上班，跟你一样辞职下海，然后就专门做《黑山客》杂志，不定期。这个点子想得好，黑山有点规模的老板他都认识。一期上二十来个人物，上的都是要出钱的，多的三五万，少的大几千。他把黑山在全国各省的商会做了个系列，做了一大半，估计狠赚了一些钱。那小子现在买了别墅，开宝马车，牛啊！你莫说，这小子还闯出了一条以商养文的路子呢，等你回来我介绍给你认识一下。"

阿文说："他在海口。"

尚斌说："哦，那小子天南地北到处跑，像风一样的。"

"他人怎样？"

"什么怎么样？"

"我说的是人品。"

"那，那要看你怎么看了，说好说歹的都有。文化人嘛，都这样呗。"

他们又说了些闲话就挂了机，尚斌说他要去上班了，问他几时回黑山，阿文没说具体时间。阿文正准备回宾馆吃早点，手机又响了，是个陌生电话，黑山的，他一接听，是牛八多的。牛八多在电话里说："文老师，我是牛八多啊，座谈会上见过您的，我想拜见您，不知您有时间没有？"

"哦，牛主编啊，你来吧。"

"我在您住的宾馆，您在哪儿？"

"我马上回宾馆餐厅吃早点，你在那儿等我吧。"

"好的，好的！"

阿文挂了机就往回跑，跑到宾馆出了一身汗。本想回房间洗一下，一想牛八多在餐厅，就径直去了。

餐厅门口，牛八多隔老远喊着跑过来，一把握住阿文的手猛摇，嘴里说着："感谢大作家见我，感谢，感谢！"

阿文这才看清牛八多。牛八多个子不高，和江一冰差不多，只是比江一冰胖了许多，肚子也大，圆圆挺挺的，裤带往下吊着，好像时刻要垮掉，像以前香港老板的"啤酒肚"。看样子牛八多不太注意饮食，啤酒喝得太多。再一个特点是他的一对眼睛珠子滴溜乱转，不安分地四处打量，好像有人要抓他似的。

阿文端着盘子沿着一溜铝合金餐盘挑自己喜欢吃的东西，牛八多就空着手跟在身后，阿文回头对他说："牛主编不吃点？"

牛八多笑着说："我吃了来的，在街边吃了碗牛肉面、两个包子，嘿嘿，肚胀死。"

阿文选好吃食坐在桌子边吃，牛八多就坐在对面眼巴巴地看，看得阿文很不舒服，便草草收场，盘子里的东西没吃完就不吃了，叫牛八多一起回房间。

牛八多是见人熟，两个人坐下没一会儿他就跟阿文讲他的婚姻故事。他说："我第二个老婆是我送第一个老婆骨灰回老家的船上撞上的，有故事，有情节，蛮有味道的。我写了个中篇小说，想请您给我看看，把把脉，当然……"

阿文知道他说的当然背后的意思，是想帮他推荐发表。他说："我第一个老婆是大学的同学，别看我人矮，我在学校可风光了，当过团委书记、学生会主席，我在大学时就在校报上发表过文学作品呢。不是跟你吹，一大堆女同学跟在我屁股后头转，一个星期约会不重样，约会要提前电话预约，呵呵。文老师，我真没吹牛。"

阿文笑着递给他一支烟，他摆摆手，说我不抽烟的。接着，他从提包里摸出一包"中华"牌香烟递给阿文，说："我不抽烟，总忘记给别人敬烟，文老师自己抽。"阿文没接，他就放在茶几上，接着说他的爱情故事："大学毕业时，我在省城找了一份工作，一家合资企业办厂报，月薪还不错，上万，可我的父母硬是要我回黑山，我没办法，我是独子，只得听父母的，也只能听父母的。我第一个老婆……"

他喜欢说第一个老婆、第二个老婆，阿文觉得不中听，心里有些反感，感觉他很有点玩世不恭。

牛八多说："我第一个老婆是我大学不太感兴趣的女人，可她死活要跟我回黑山。她在省城也找了个单位，银行职员，可能是她亲戚帮的忙。这一点让我很感动，就跟她结婚了，我们还生了一个小孩。本来我们是可以平平安安过一辈子的，可祸起萧墙，她红杏出墙了，她的同事硬磨软缠，两个人发生了婚外情。要说也没有什么情不情的，就是黑山人说的'打皮绊'。我晓得后气得七窍流血，您知道吗？和她'打皮绊'的同事是我的同学，我们平常还玩得蛮好的，打牌喝酒像亲兄弟，您说气人不？您想我怎么办？文老师，我也计划好了，我对我同学不骂不打，用其人之道反制其人之身，我也把他老婆偷了。做这事太简单了，我跟他老婆一说，他老婆就乖乖地跟我上床了。说真的，当时有解恨的感觉，后来一想真恶心，一点意思都没有。我老婆可能是觉得对不起我，先是吃老鼠药，后割手腕，整天寻死觅活的，后来一不留神她上黑峦峰也学您小说中的人物跳崖自杀了。"

阿文喝了一口茶，用眼睛盯着他，感觉这个牛八多不是一般的人物。阿文发现牛八多还有一个特点，容易激动，一激动就站起来，走几步转一圈又回到座位，再说得激动又站起来，走几步转一圈，好像屁股长了疔似的。

阿文问："后来呢？"

"后来我将她的骨灰送回她老家安葬，她老家在黑河邻县入长江口的两河镇。处理完我返回时在船上就碰到了我的第二个老婆。"

牛八多说的两河镇阿文去过，也在中篇小说《海棠花开》里写过。《海棠花开》是根据黑山民间长歌《海棠花》创作的。讲的是清朝一对青年男女凄美的爱情故事，女死男出家。两河镇自古以来就是繁华贸易之地，黑山的商人常去那里做生意，出售黑山的土特产，什么茶叶、火烤鱼、土鸡蛋。那时当然不像现在的电商，网上交易，快递传送，而是靠肩挑背驮乘船顺水而下。船是木帆船，一匹帆，上来要纤夫拉。两河镇也是以前黑山人去武汉、下上海的必经之路。两河镇有千年历史。而且现在去两河镇很方便，有省级公路相通，开车只需两三个小时。现在黑河至两河镇还有船，是机动的旅游观光船。牛八多大概去是坐大巴车，回程乘船。许多人都这样，一路风光无限，很惬意的。

　　阿文说："嗯，有故事。"

　　牛八多说："姻缘真是天注定的。在船上，我们一对眼就有了感觉，好像老天早就安排好了似的，等着我们在船上相会，事情就这么简单。"

　　牛八多在讲故事的时候接了两个电话，一个可能是印刷厂的，催他汇印刷费。另一个可能是一个老板，中午请他吃饭。他在接老板电话时笑着看阿文，叫那老板到阿文住的宾馆来请客。阿文知道，他这是两头一就，就汤下面。

　　阿文问了他经营《黑山客》的情况，牛八多感慨颇多，说："文老师啊，哪碗饭都不好吃。那些有钱的老板个个贼精，想讨他们的钱真不容易。暴发户、敛财狂，各色人等都有，酸甜苦辣，五味俱全。没有法子，上了路，只有做下去，总算也是一个饭碗吧。"

牛八多说的阿文理解，想找一笔钱真的不容易，热脸挨冷屁股不说，结一笔账要跑无数趟，也是辛苦的。

那个请他吃饭的老板又打来电话，催他们下去，阿文没有推辞，随牛八多去了餐厅。走之前，牛八多没忘来拜访阿文的目的，把他写的中篇小说的电子文稿拷在了阿文的电脑中，请他抽空看下。

请客的老板姓王，黑山人，在海口做房地产开发。阿文一见他就想起这期《黑山客》上有他，只是没详细看牛八多写他的情况。

牛八多把阿文向随行的几个老板一介绍，老板们众星捧月似的都来敬阿文的酒，递名片。大概是他们认为巴结大作家更有宣传效果，纷纷请阿文关注自己的企业。于此一弄，牛八多就有些被冷落了。阿文看见牛八多的脸色有些阴，就对他们说："老板们，让你们失望了，我是不写商界推荐文章的，多少钱都不写。牛主编做得不错，稍微把文章再精练一点效果就很好了。"

牛八多听了脸色才阴转晴。他说："老板啊，阿文大作家对这类东西不屑一顾，他是搞纯文学的。如果你们开张奠基什么的请他去捧场，他往那里一站，那就不同凡响了，领导媒体跟着屁股转，不信你们试试，不过出场红包要厚哦！"

阿文用手指头点着牛八多，说："胡说八道，我有这么大的影响力？穷文人一个，不要听他的。"

打了一阵哈哈，喝了一些酒，阿文提前退席，说要去休息。那些人就送他到包房门口，说尽了好话。

阿文回房睡了两个小时，起来后打开电脑看牛八多的中篇小说。

牛八多小说的题目是《船上一场风花雪月的故事》。看得出牛八多以前真的写过文学作品，文笔还好，是那个套路。小说的大致情节就是牛八多上午说的情况。

看完了近三万字的小说，感觉不错。小说取材很好，生活气息浓郁，人物刻画也鲜明，只是行文节奏快了点，和牛八多的性格差不多，坐不住。阿文按捺不住，帮他稍微修改了一下，放慢了叙述节奏，结尾变了，主人公的老婆没有去黑峦峰跳崖，而是离了婚去黑峦峰尼姑庵修行了一段时间重新回到社会。

改定牛八多的小说稿，想起一市级文学刊物主编朋友前些时日找他约稿，便把牛八多的小说稿件传给他了。

十三

阿文对那几个老板说了谎,其实他也写那一类赚钱的文章,只是不像牛八多那样署上自己的大名。阿文在海南二十来年有几个比较好的商界朋友,这些朋友时常找他写些推介的文章。和阿文最好的是文昌的一个经营旅游工艺品的老板李敬业。

腊月二十八,阿文在海口谢辞了出版社老总的挽留,去了李敬业那里,他想在他那儿过年,等到南方春暖花开再回黑山。以前,阿文在海南都是在李敬业家里过年的,也都是在这个时间节点去,就像外来打工者纷纷赶火车回家过春节一样。

文昌在海口的东面,紧挨着,很近。

李敬业还是那样子,生意做得不温不火,不求大富大贵,只求稳步发展。这种心态和经营理念很合阿文的性格,这也是他多年来和李敬业保持朋友关系的重要原因。每次到文昌过年,他就住在李敬业的家里。李敬业专门给他留有一间房,很随意,跟在自己家里一样。李敬业对他很好,就像老哥回家过年一样,有空就陪他喝两盅,有时自己吃,想吃什么就吩咐,不需客气。

　　李敬业的厂园里有很多椰树，他的家四周也尽是高大的椰树。阿文对椰树心生敬意，写过一篇散文"海南的椰树"发表在《海口日报》副刊上，那是他第一次在李敬业家里过年时写的。他这样写道：

　　　　十二月中旬，一踏上海南的土地，就感受到了海南的温暖和美丽。

　　　　从海口至三亚一路环岛西行，满眼都是椰树、芭蕉、杧果树组成的绿色海洋，而那些高挑的椰子树，特别引人注目。一棵棵、一丛丛，或独自，或簇拥，站在路边，立在地头，在冬日温暖的阳光下，微笑而热情地欢迎远方的客人。

　　　　椰树，海南美的形象代表。

　　　　在三亚的大东海，我抚摸伫立在海边眺望大海的椰树，我忽然感觉到了海南椰树的别样情怀。如果说南方高山的劲松像男人，那么，海南的椰树就是美丽的女性。劲松体现男性的刚毅，椰树就是女性执着的化身。

　　　　椰树真像美丽成熟的女人。她苗条的身姿彰显女性的曲线，而那树顶上四周散开的片状树叶，如同沐浴后女人波浪般的秀发。她那硕大的椰子，那甜甜的椰汁，如同母亲的乳汁，滋润了千百年间来来往往或幸福或悲伤的人儿。

美丽的椰树呀，无私而伟大。

在海口，在文昌，在亚龙湾，在"天涯海角"，在西岛，我看见无数的椰树。那些结群的，仿佛是一群姐妹们欢聚在一起，互相问候，互相打闹，隐隐地嬉戏中，我听见了她们的快乐和幸福；那些独立的椰树，一个人站在海边，或沉思，或眺望。沉思的，可是在思考自家以及海南的昨天和未来？眺望的，我知道是在盼望出海的亲人早日平安归来。在日月湾的合湾村，我明白了那些穿着深色的真正的"岛服"的黎族农家女为啥每天虔诚又认真地一遍又一遍向游人重复演示当年祭海的仪式，这些当代农家女血液里流淌的依旧是她们母亲和姥姥的血啊！

海南岛在古代是流放地，近代是炮火前沿。那一道道、一圈圈满身刻痕的椰树，就是那饱经沧桑的老人，见证了海南岛历史的演变。

宋代大诗人苏轼贬谪海南，写了不少重要的诗文，他的"载酒堂"前一定有椰树。他清晨，或傍晚，一次次站在椰树下，遥望北方，一遍遍抚摸椰树，思量椰树，只是想到椰树和他一般苦楚，便把痛苦深埋心田，而没有对椰树留下只言片语。而从海岛走出的清官海瑞，深知椰树的品性，以至于在风雨如磐的大明朝把自己坚强地站成了一棵迎风沐雨的椰树。

我发现，海南岛的椰树，特别是生长在海边的椰树，尽管被海风无情地吹成弓样，她们还是努力地向海里伸出。她们这种顽强的姿态，仅仅是表现不屈服于海风的淫威吗？

椰树，一个品不尽的美丽的女性。

....

阿文的小说《海口之夜》也是在文昌收集整理创作的，故事就是当地发生的真实故事。他的这部小说写了好长时间，十多年来都是在文昌过年时一点点写、一遍遍改，直到今年才交出版社公开出版。小说初稿的书名是《文昌风暴》，后来出版社老总建议改成现在的书名。他曾经想坚持用原来的，一想用这个也行，海口离文昌很近，书中故事也有三分之一的篇幅发生在海口。

阿文刚把东西放好，李敬业来了。李敬业是典型的海南人，皮肤黝黑，个子矮小。阿文递给他一本《海口之夜》。李敬业说："大作出版了？大哥，恭喜恭喜，十年磨一剑，不容易啊！"

阿文说："这得感谢你，没有你给我提供好条件，这书是出不来的。"

"好！今天中午我们喝几盅，不醉不休，以示祝贺。"

"老弟，饶了我吧！这几天在海口开新书出版座谈会把我喝死了，现在见了酒就想吐。"

"那不行的。你在海口怎么不叫我去？也让我见见世面嘛，真不讲义气。"

"我想过的，还不是怕耽搁了你的生意？我知道年前是你出货最忙的时候。"

"又见外不是？钱哪挣得完的？你那场合可是十年一次啊！中午非得罚你三杯酒，以解小弟心中怨气。"

阿文知道李敬业是开玩笑，但他说的是真心话。

阿文在海口时，月桂打了几次电话，埋怨他不带她来。阿文怕她再纠缠，干脆停了黑山用的手机号码，开起在海口常用的号。这个号码黑山的亲朋好友中只有莞生知道。有事就用黑山的，无事就关机。他这样做是为了月桂好，不想给她带来过多的想法。他也知道，月桂想来还有一个目的，就是想来看看他在海南有没有其他的女人。这也难怪月桂会这样想，一个文人墨客在海南一待二十年，打死也不会相信他在这儿没有情况。

阿文在海南真的没有女人，准确地说是他不找女人。他曾经在《海口晚报》当编辑记者时，有一个和他一样来报社打工的女的对他有过那种意思。都是文人，都是过来人，阿文心中有数，那个女人有素质，有品位，还很漂亮，是那种文静秀气的成熟女人。至于说这个女人来海南的原因是不是和他一样是为逃避而来，那他不知道，也不想知道。应该说，这个女人对他越好，他就越感到有压力。有过一段时间，他心里很纠结，他害怕自己深陷其中，出现在黑山时和雪梅的那种状况。如果这女人像雪梅一样痴情，估计是要跳海的，他是不愿看到这种结局的。所以，他毅然决然离开了《海口晚报》，又像离开黑山一样玩失踪。那段时间他便躲在李敬业这儿写他的长篇小说。那个女的后来也离开了《海口晚报》，不知什么原因，也不知去了何方。

李敬业做旅游工艺品多年，经营海螺、珊瑚礁盆景、贝壳小帆船、海螺项链、腕珠、珍珠玛瑙之类的海产工艺品。他自己加工销售，在海口和文昌都有门店，生意还不错。几个门店的招牌设计、字体书写、门口广告牌、大门门联、店里墙柱标语，以及宣传小册子等一切有关文字的东西都是阿文写的。阿文还在晚报发了几篇关于李敬业的人物专访之类的长篇文章，用的全是笔名，什么义之讯、吴一岸。店的门联是：敬天敬地敬海贸易达三江；业专业精业秀工艺通四海。李敬业是讲义气之人，也不亏待阿文。阿文每做一件事李敬业就给他的银行卡里打一笔钱。至于多少阿文不知道，也不管，他没要那张银行卡。他不缺钱用，每月有工资，还有零星的稿费，自己用不了多少，他到海南不为挣钱。

中午，李敬业果然要罚阿文三杯酒，阿文推托不了就喝了。几杯酒下肚，话就多了，跟李敬业说了自己回黑山的事。什么得了一层楼，认了女儿，儿子出国，等等，滔滔不绝，不像是平常不太喜欢说话的他的那个样子了。

等阿文说完，李敬业拿出那张银行卡给他，说："文老兄现在家大业大，是用钱的时候了，物归原主。"

阿文不要，李敬业起火说："不要是吧？那以后我不认你了，你也不要来我这儿过年，就当我们从来不认识！"

阿文见他真的生气了，就说："好好好，我暂且收下，或许什么时候还真的需要用钱。"

李敬业这才笑着说："这还差不多，卡的密码是你的手机号后六位。"

后来，阿文上街去自动取款机取款时，插了那卡看过，好家伙，卡里有五十万。他心想：这家伙有多少钱啊？

阿文重回黑山时，把这银行卡送给了女儿阿芳筹办嫁妆，这是后话。

大年初一上午，李敬业很虔诚地做完敬祖宗、敬财神、敬海神妈祖等仪式后，就和阿文坐在门外椰子树下喝茶聊天。这时，莞生从黑山打来电话跟他拜年，说他年前就从英国回来了，文子在英国那边还好，肯做事，不乱转，估计会变好。阿文听了很高兴。莞生还告诉他一件喜事，说阿春阿姨来找过他，要我转告您，说她怀孕了。莞生在电话里说："文叔叔，恭喜您啊！老来得子，大喜事啊！"

阿文听了惊恐万分，手上拿着手机一阵哆嗦差点儿掉了。嘴里说："什么？臭小子，有这事？"

莞生说："真的，是阿春阿姨亲口跟我说的，还把医院化验单给我看了，真的是怀孕了！"

在他们通话时，李敬业在一边惊讶地看着阿文，一边紧张地问阿文出了什么事。

阿文关了机对他说："荒唐，荒唐至极！"

李敬业追问出了什么事，需不需要帮忙。阿文连连摆头不说，搞得李敬业丈二和尚摸不着头脑，不知他到底发生了什么事。他见阿文不说，估计没有什么大事，也就不多问了，叫老婆把酒菜拿到外面来，和阿文对酌起来。阿文也不推辞，一杯接一杯喝，最后喝醉了，醉在椰子树下和煦的阳光里。

阿文躺在椰子树下的靠背竹凉椅上睡了一个下午，直到夕阳西下被海风吹醒。他醒来打了一连串的喷嚏，"阿嚏，阿嚏"就像打机关枪，人都打晕了。他想：是感冒了，还是阿春在想念自己？

于是，他掏出手机打阿春的电话，可阿春的手机关机。他又跟莞生打电话，叫莞生马上去阿春那里，叫阿春跟自己通电话。

在等阿春的电话时，他想，阿春知道自己怀孕肯定是喜得日夜睡不着，她就是想自己生个小孩。不用说，这回叫她打掉是不可能了，她不会听的。她现在跟二十年前不一样了，可以不依靠别人生活。如果她不打掉，以后的情况又会怎样呢？阿春会抚养孩子长大，这是没有问题的，可孩子是个私生子，他将来如何面对社会？他的人生又将如何？阿文越想越心急，真为阿春和她肚子里的孩子着急。

在阿文干着急的时候，李敬业出来问他再喝点不，阿文说："再喝点？再喝点都要老命了！"

李敬业听了笑了笑，就回去端了一碗汤来，放在小圆桌上，也不问他喝不喝，自己进屋和家人吃晚饭去了。过了一会儿，莞生打来电话，他说阿春不在大屋，问了大屋的房客，说是阿春年前就走了，收了一年的预交房租，不知道去了哪里。

阿文知道，阿春肯定是躲着生孩子去了，她怕自己会逼着她把孩子打掉。她会去哪儿呢？她本身是个孤儿，她不知道自己的身世，也不知道自己是什么地方的人，更不知道自己还有没有亲人，她会去哪儿呢？

阿文叫莞生四处帮着打听，叮嘱他一定要找到她。莞生答应了。他知道阿文的心思，安慰阿文，叫他不用着急，说阿春有自己的主意和能力，能照顾好自己的。

其实，莞生很快找到了阿春。他通过朋友查看了那几天黑山出城四条道路的监控，以及所有车站售票处，然后顺势找到阿春乘坐的出租车的司机，才知道阿春去了鸡公山脚下的文家大屋。她躲在那里养胎。这次莞生没告诉阿文，他和阿春成了同盟军。他非常同情阿春，认为阿春做得对，支持她把孩子生下来，而且每月叫人送营养品去，只要阿春有什么问题就立刻派车来接，确保大人和孩子平安。

夜幕之下，星光闪烁，凉风送爽，可阿文躺在椰子树下一点儿感觉不到海岛别样的风景。他心情跌宕起伏，思绪万千。看着夜色中摇曳的椰子树，想到固执怀孕的阿春，他觉得，阿春就是一棵椰子树，是那种独立地弯着腰伫立在海边的，或是在山脚下的，或立在田边地头的，或栽种在房屋村舍旁边的，一棵孤独顽强的椰子树。

十四

三月桃花盛开的时候，阿文还待在李敬业的家里。他并没有打算回黑山，因为他正在创作一部中篇小说，已经写了三万多字，想继续写完后再回黑山。然而，他接到莞生的电话，莞生说黑山市法院送来传票，要他三月二十五日出庭。阿文问：

"黑山法院？什么传票？"

莞生说："是一个叫牛八多的人起诉您，告您侵权。"

"牛八多？我侵他什么权？扯淡，乱弹琴！"

"说是您用他的小说署名自己的名字发表在《精彩小说》杂志上，小说是他的。"

阿文想起来了，年前是将牛八多的小说《船上一场风花雪月的故事》传给了《精彩小说》杂志社主编。他记不得当时牛八多的文稿署了他自己的名字没有，但自己是确定没署上自己的名字的，难道是主编自作主张或者误认为是自己的小说加了名字？

想到这儿，阿文连忙给主编打电话，可主编的电话关机。

他又跟莞生通话，说自己明天赶回来。

听到这个消息时，阿文很生气，气这个牛八多做事太莽撞。应该事先和自己说的，干吗动不动就起诉到法院呢？难道自己还需要用他的小说出名赚钱吗？简直是扯淡！牛八多起诉肯定是想借此出名。

下午，阿文又和杂志社主编打电话，他认为一定是主编搞错了作者，如果真是搞错了登报更正就完了，主编再和牛八多做一个解释，牛八多撤诉就行了。可主编的电话还是关机，晚上再打还是如此，阿文冲着手机骂了一句："什么破手机！"

第二天，阿文飞回了黑山。走进梅园国际大酒店大厅时，他发现大厅右边墙上有了一幅巨画《梅花笑雪》。画宽十来米，高三四米，一看就是李奇画的，心想这小子还真够意思，自己当初也就是那么一说，他真的画了。他问身边的莞生："给了多少钱？"

莞生说："除去画画成本，另外给了两万。"

阿文点头，说："不多，应该的。"

晚上，他把张包叫来了，和他商量牛八多起诉的事。张包看了传票，不以为然地笑了。他说："多大的事，让他起诉好了，正好你这回又出一次名。"

阿文问："怎么说？"

"明摆的事嘛，肯定是牛八多给你的稿子没署名，百分之百是主编搞错了，误认为是你的小说，过错方是杂志社，不是你有意侵权，这官司你输不了，放心。"

"如果牛八多硬说当初他是署了名的呢？我真不记得原稿上有没有他的名字，只是帮他修改后就直接传给了杂志社。另外，如果杂志社败诉，那主编朋友不是得罪了？唉，当初不该替牛八多传稿的，惹上这麻烦。"

　　张包说："牛八多的确不是个玩意儿，想出名想疯了，好心没讨到好报。这人就该惩罚一下，真是不知天高地厚。"

　　"现在是他抓住了理，如何惩罚得了？"

　　"就这个案子肯定是不行，找他麻烦那还不是分分钟的事？太容易了。"

　　阿文估计张包对牛八多没有好感，或者两个人可能有过节，所以才出此言。后来才知道，牛八多曾请张包为他打过一个官司，并且打赢了，但牛八多找各种理由不给他律师代理费。由于张包事先没有和牛八多签订律师代理合同，张包是"哑巴吃黄连——有苦说不出"。

　　他们商量这事时，莞生在场。他问："牛八多是不是《黑山客》的那个？"

　　阿文说："对，就是那个矮胖子。"

　　莞生说："他也找了我的，说是写我和梅园国际大酒店，开口要五万。"

　　阿文问："你答应了？"

　　"钱还没给，文章我还在看，他催了几次，说是马上要进厂印制了。"

　　张包说："好，得来全不费工夫，就用这篇文章治治他。

莞生，你去把他的文章拿来看下，设个套子让他钻，把他的嚣张气焰灭一灭。"

阿文知道张包在出歪点子，不同意这样做，他说："何必呢？牛八多搞两个钱也不容易，毕竟都是文化人，何苦这么整他？"

"那家伙太得意忘形，惩罚一下对他是个教训，知道怎么做人。"张包还是坚持自己的想法。

莞生看阿文，看他如何表态，见阿文不吭声，就说："要不我找人去修理修理他？"

阿文说："算了吧，没意思的。我想这样，张包你以我的代理律师身份去找牛八多谈一下，劝他撤诉，私下和解，不管是杂志社的问题，还是他当初没署名。我叫杂志社发个声明，双方让步，息事宁人。当然，如果这小子非打官司不可，又另当别论。我看这人为人做事都莽撞，头脑不清醒，日后定会出岔子，不用我们现在费周折。"

张包见阿文执意如此，也就不再说了。他说："你啊，写小说把人都写软了，要是我……"

阿文也不再顺着张包的想法说下去，而是叫莞生去安排几个菜，说好好和张包喝几盅。说到喝酒，他想起尚斌来，就打电话要尚斌一起来。尚斌在电话里说："大师就是喜欢搞突然袭击，早点不说，我和老六、老九已经在桌上了，老九菜都点了。算了，你为大，抬你的庄，我们马上过来。还叫不叫其他人啊？"

阿文一想，加上他们四个，他估计杨美中肯定在场，一坐就七八个人了，就说："你们几个来就行了，人一多说不定又要出岔子，我怕了。"

打完电话，阿文和张包就下楼到餐厅等。过了一会儿，尚斌他们就来了，杨美中果然在。阿文注意到，老六见了张包脸上有一丝尴尬，张包的表情也不太自然，阿文觉得蛮有味的。

杨美中看见阿文就捧扇作揖，说："文老师好，一别又是数月，文老师红光满面，一定是顺风顺水，名利双收，恭喜恭喜！"

阿文说："杨大师出口成章，我估计你除了这些用词，其他话肯定不会说了，是不？"

阿文说这话时朝杨美中身边的老九看，老九很敏感，她说："文哥，说他就说他，干吗看着我？难道是我教他这样说话的？"

"哈哈，跟谁像谁，老九也如此尖刻了。罢了，你俩合起来老夫说不赢的，自找无趣……"阿文见服务员端菜进来就不说了，叫大家赶紧斟酒，然后对大家说："杨大师说得对，一别又是数月，年前年后也没和大家辞旧年拜新年，阿文给大家补个迟礼。"说完站起来敬酒，一口干了杯中的酒。

阿文如此一弄，尚斌、张包、杨美中，以及老六、老九都来回敬阿文的酒。有抱歉的，有抱怨的，找着理由来。阿文一时招架不住，喝了不少。莞生和阿芳出面挡酒，几个人就不再敬他了。

后来，他们一起去阿文楼上的小会议室喝茶，阿文给每人送了一本《海口之夜》。老九多要了一本，说是要送给老十。她对阿文说："文哥，老十很崇拜你呢，跟我说了无数回，说是要找你拜师。"

"老十？哦，想起来了，是那个叫'甜饼'的吧？嗯，是个人见人爱的女子。她又到北京去了？"

"呵呵，文哥喜欢她吧？还惦记着她去没去北京，要是我啊，你恐怕早忘八爪国去了，是不是？"

"老九这张嘴啊，的确厉害，像刀子割人，可怜我们的杨大师，我估计是遍体鳞伤，没有一坨是好的，是不是啊杨大师？"

老九听了掐了阿文胳膊一下，嘴里说："要死，又敲老杨。"

说着她就靠在杨美中的身上，一只手还挽着杨美中的胳膊，作亲昵样。阿文猜测他们的关系已经明了了，不再藏藏掖掖。想想也觉得有趣，不到一年时间，他们就这般恩爱。阿文想起杨美中曾经说过，他们有姻缘，婚后有厄。这般发展下去，以后又如何收场呢？

阿文发现老六一直没说话，在酒桌上只是说了几句，光是喝酒。老六坐在他的对面，一边是尚斌，一边是张包，坐得一本正经。阿文猜想老六夹在两个人中间肯定不自在，就问老六："你那官司结束了？"

老六说："什么官司？"

阿文见她这么说，估计是不想说这个话题，于是说："哦，是我搞错了，是另外一个人，搞混了。看看，都是你们的错，灌我这些酒，下次不准这么搞啊！"

他们几个人听了笑，也不问老六的事了。

时间不早了，他们还坐着不动，阿文晓得张包和尚斌都很尴尬，尚斌带老六先走也不好，不走也不好。老九见他们不走，自己也不好先走。阿文说："张包啊，等下我们把那事再商量下，好不好？"

他们几个都见机行事，立刻起身告别。临出门，尚斌说："文哥，明天去凤池山看桃花如何？"

"山上的桃花开了？"阿文问。

"正艳，再过几天就要谢了。"

"行，你们明天来接我。"

他们走后，阿文问张包："心里不好受吧？"

张包知道他问的什么，说："有什么不好受的？本来就无事，我跟你说了的，真是帮她打官司。"

"嗯，这样就好，朋友一场，没必要争风吃醋，那样子不好。对了，你还是找时间找牛八多谈一下，最好不要对簿公堂，没有意思的。"

"我知道，我明天就去找他谈，看情况再说。"

张包走后，阿文也懒得收拾残局，就径直回房休息去了。

第二天早上九点，尚斌果然来接他去凤池山看桃花，同时来的还有老六、老九、老十、杨美中。老十一见阿文就笑，阿文说："老十你笑什么？是不是我又老了一点？"

"老师才不老呢，青春不老。"

阿文原本是想带阿芳或者阿春去凤池山的，阿芳当班，走不开，阿春还是没有消息。他早餐时问了莞生，莞生扯谎说还没找到。月桂他是肯定不带的，月桂是干部，又是领导，山上人多嘴杂，影响不好。

老十开车。老十的车是越野车，又宽又大，阿文选择坐在前面，还有几个挤在后排。

山上游人如织，桃花开得正艳，十分热闹，煞是好看，每棵树下都有人在观赏拍照。他们上到最高处，游人稍少些。老九格外兴奋，拉着杨美中就照开了。老九一会儿一手扯着桃枝，头向桃枝偏着，一只手向上扬着，一条腿也跷起来。杨美中就站着或是蹲着给老九照。看到老九的拍照姿势，阿文想起去年冬天去王家大屋看雪景，余末就是这样摆各种姿势的。阿文想：女人都喜欢这样摆吗？

这时，老十对阿文说："文老师，我们也照一张吧？我好发到群里去嘚瑟一下，羡煞她们一下。"

阿文说："好是好，就是怕你老公看见了找你算账，打离婚我可不管啊！"

"我老公没那么小气的，如果他真要离婚呀，巴不得，我一身轻。"说完，老十就叫老六帮他们照，尚斌在一旁指挥，一个劲地说："老十啊，挨紧点啊！对对对，把头偏过去，亲热一点好不好？你看老九多大方，两个人像狗皮膏药一样，扯也扯不开。"

老九听了就把老六使劲往尚斌这边一推，老六就扑在尚斌的身上了。老六笑着骂老九："流氓，打死你！"

老六去追打老九，老九围着桃树转，一边跑一边笑："来啰，看你个大肥婆追得到不啰！"

阿文坐在一旁的石头上抽烟，看了也笑。老六的确追得气喘吁吁的，跑起来胸部一晃一晃的。看见她们嬉闹，阿文想起二十年前和雪梅在桃花盛开的时候也来玩过的，当年雪梅也是这般的快乐。他还想起以前做过的凤池山冬天的噩梦，雪梅穿着火红的羽绒服在雪地里奔跑，最后大雪淹没了雪梅……

阿文突然发现不远处一个矮胖子男人好像是牛八多。那人也和杨美中一样在给一个女子拍照，一会儿蹲着，一会儿站着。那人大概是看到了这边，一眨眼就不见了。阿文拿出手机给张包打电话，问他找了牛八多没有。张包说他正在开庭，等下再去找他。

老六和老九闹了半天，俩人都累死了，不再互相掐了，而是搂着抱着照相，亲密得不得了。接近中午，老九和杨美中去车上拿来一个大包，在树边空地上摊开一大块塑料布，拿出饮料、啤酒、麻辣牛肉干、鸭脖子、重庆榨菜、油炸花生米，等等，摆了一地，全是中学生野炊的吃食。

阿文喝着啤酒，看着赏花的人群，想起早上看到微信朋友圈一个女词人填的一首词，是悼念诗人江一冰的。自打江一冰死后，黑山文艺界有很多人写了悼念诗文，但阿文认为这个女词人写得最好。她的词是这样写的：

喝火令 · 哭殇

见照年强盛，回眸痛叠加。诗行凄苦问蒹葭。
横石凤池呜咽，啼血祭黄沙。

有泪封长夜，无心酹酒花。问哥掇笔去何家？
哭这冬殇，哭这陨霜花，哭这冷风寒骨，再见隔天涯。

想起这词，阿文又想到雪梅，脑子里也涌出一首词来，他吟道：

卜算子 · 又见桃花红

又是春风沐，又见桃花红。
枯枝绿叶花如血，唤我思汝结。
曾约上峰峦，曾约摘枫叶。
今个赏景邀何人？拨枝看青天。

阿文韵了几遍，又在手机上记了，这才又和他们闹了起来。尚斌正是兴奋时，清唱起《白狐》，大概是啤酒喝多了，唱一句打一个啤酒嗝，一点儿韵味也没有了。老九跟着起哄，要罚他的酒。老六当仁不让，说杨大师歌唱不会，酒喝一点，只晓得巴结老九，你们两个人喝交杯酒！说着拿着啤酒罐往老九的嘴里灌，老九又是对她一阵进攻。还是老十文静，笑着看阿文，不吵不闹，偶尔轻轻地对阿文说："文老师，敬你一杯。"阿文便仰头一喝，嘴里还作"啧啧"声。

快下午四点了，阿文惦记着牛八多的事，想回去问问张包。杨美中说："我和老九商量好了，等下大家一起去她的店里吃火锅，我请客，为文先生接风洗尘。"

杨美中这么一说，阿文不好再提回去的事了，也不好叫张包来，只能等晚上再问张包。

下山后，他们在老九的"麻辣烫"又闹了几个小时，阿文回到酒店已是九点了。他打电话问张包，张包说："找牛八多谈了，开始牛八多坚持要打，等我把情况一分析，利害性一说，他顿时软了，同意你的想法，只要杂志社刊登声明并改正署名就行了。还说要上门向你赔礼道歉。唉，他就是个欺软怕硬的家伙。"

阿文听了很高兴，表扬了张包几句，然后打杂志社主编的电话，终于通了，他对主编一顿惨骂。主编在电话里解释说手机被偷了，今日才重买了手机。阿文把牛八多小说的事一说，主编回忆了一下，说："是没有署名，当时就觉得这不是你的作风啊。心里有疑问，本想问问你的，但一想是你亲自传来的，也就没问，没想到出现这种差错，如何是好？"

阿文就说了刊发声明的想法，主编同意了，他说："我的文大作家，今后千万注意哦，否则我也不敢用你的大作了，免得卖老婆还要贴枕头。"

跟主编打了一阵嘴巴官司，阿文的心终于放下了。

十五

　　阿文在梅园国际大酒店开始续写文昌没写完的中篇小说《戏台风云》，不到五万字就收了笔。

　　《戏台风云》讲述的是国内土地革命战争时期的故事，着重描写一个农村青年革命的成长史。这个题材是文联安排的，为的是庆祝中国共产党成立九十五周年和红军长征胜利八十周年。

　　阿文修改好就传给了《黑山文艺》杂志编辑部，编辑部立即安排在年末最后一期小说栏目头条发表。《戏台风云》发表的第二天，伍本报打电话来祝贺他的大作发表，并请他吃饭。伍本报说："多年不看文学作品了，看了你的《戏台风云》还是蛮过瘾的。不错，宝刀不老，祝贺祝贺！值得祝贺。"

　　阿文笑着说："你是不写，要写比我强。真的，当年你的出山之作，那篇短篇小说《春风里》就不同凡响，可惜你……当然也不能说不对，组织安排嘛。去年我们再见面时我就说过，你基础好，有思想，只要重新提笔，准会有结果啰。"

阿文一阵捧，伍本报听了很舒服，说晚上要好好敬几杯以谢知音。

在阿文正准备下楼去餐厅和伍本报共进晚餐时，牛八多敲门晃着进来了。只见牛八多手里提着一个大塑料袋，鼓鼓囊囊的不知买了一些什么东西。他走路还是那个样子，两边晃，只是今日往右边晃得大些。

阿文见是他，本来笑着的脸立即拉了下来，看着牛八多，也不叫他坐。牛八多赔笑，放下东西说："文老师，文大作家，对不起，那件事是我做得不对，今日专门来赔礼道歉，请您老原谅。那杂志社不登报声明、不更正作者姓名都行，都是您妙笔生花精心修改小说才能发表，否则它就是一堆垃圾。"

阿文很惊讶他的态度转变得如此谦卑，像是换了人似的。不仅不要求登报声明，还主动放弃著作权。阿文说："话不能这么说，小说还是你的，杂志社同意我的意见，登报更正作者姓名，这是应该的。我们都有错，错就错在我当时没注意你署没署名，编辑部也是太相信我了，把你的小说当成我的了。今后我们都注意吧。"

阿文估计牛八多这个时间点来赔礼道歉是要请他吃饭，本想表扬一下牛八多写小说有天赋什么的，正巧伍本报打来电话催他下去，阿文也就懒得说了。同时，他想起张包对牛八多的看法，更不想再说什么，免得日后这家伙又生出什么幺蛾子来，少说为佳。

阿文没叫他一起去，也没说是伍本报请他吃饭，而是故意说市人大常委会领导请客，牛八多听了一脸的羡慕。

后来，阿文知道牛八多转变态度的原因了，一是张包讲了打官司的利害性，二是莞生在背后对他施了压。

阿文一进包房，伍本报就说："大作家忙啊，是不是又在辅导文学女青年啊？让我们好等。"

阿文一看余未在场，还有两个不认识的人，不好和伍本报调侃，而是说："真被伍领导说中了，是个文学青年，不过是个男的。"

伍本报问："你没带伴来？"

"带什么伴？孤家寡人你又不是不知道。"

伍本报朝那两个人看了一眼，他们就分头赶紧打电话。在他们打电话叫人时，伍本报介绍说："他们都是你的崇拜者，文史办的。"

阿文就挨着伍本报坐下，伍本报把他推起来，说："去去去，到那边坐，待会儿有人来陪你。"

正说着，两个女的进来了，其中一个伸头笑着喊了句："伍主任。"

两个人身材高挑，皮肤白皙，穿着时尚，很有气质，一看就知是搞文艺的。伍本报对她们说："黄馆长、顾团长，快来坐。"

她们一看桌上落座的情形，立马在阿文两边坐了。伍本报对阿文说："这位黄馆长是文化馆的，那个顾团长是文工团的，都是咱舞协和音协的主席。怎么样，都够档次吧，阿文大作家？"

阿文笑着说："伍领导这是要开协会会议啊？"

阿文知道，伍本报兼着市作协名誉主席。

伍本报端起酒杯对大伙说："来来来，大家一起敬文作家，一是为他重返黑山接风洗尘，二是祝贺他的中篇小说《戏台风云》大作问世。"

大伙于是都端杯站起来。阿文最不喜欢这一套，但也没办法，只好站起来。他说："以后敬酒不兴再站起来，起来坐下累。"

酒过三巡，一桌人都放开了，文史办的还离席到阿文身边敬酒，说一些读他的小说长大之类的好听话，一个劲儿地敬他酒，阿文跟他们每人喝了三小杯。他身边的两个女的，也不知哪个是主陪，她们就轮流敬。她们个个好酒量，来来回回不知喝了多少杯，阿文有些招架不住了，就对伍本报说："大领导啊，你放我一马行不行？醉死了你可要负责的哦！"

伍本报这才对其他人说："你们搞个新花样好不好？文作家爱好广泛的。"

这时，那个顾团长说："我给文老师献舞一曲行不行？"

伍本报对阿文说："她孔雀舞跳得好，黑山杨丽萍。"

阿文立刻鼓掌，说："好好好！"

顾团长就脱掉外套，又打开手机放出孔雀舞的音乐伴奏，一个人在一旁跳了起来。只见她双手高高地举在头顶向上伸着，尖尖的手指散开装孔雀头，身子像孔雀一样扭动。

阿文是侧着身子扭着头看的，等顾团长跳完，他的脖子都酸了。接下来，黄馆长唱了一首漫妮的《梅花泪》：

那日君一别啊

今又雪花飞

思念你的歌

醉了那枝梅

白雪飘红泪

滴滴寒香为谁醉

红颜付流水

片片花骨也成堆

谁说梅花没有泪

只是冰雪还未寒透梅花蕊

谁说梅花没有泪

只因等你几度寒来望春归

谁说梅花没有泪

只是冰雪还未寒透梅花蕊

待到漫山春又红

共吟花前

不枉此生梦一回

黄馆长唱得很动情，声音委婉低沉，阿文听了满眼是泪。当然，这首歌使他想起了他的小说《梅殇》和雪梅，雪梅就是这首歌唱的梅花有泪和望春归。

　　他们还要黄馆长再来一首，黄馆长摇摇头说："对不起，今晚喝了酒，不能再唱了，再唱就伤嗓子了，改日吧。"

　　阿文同意她的说法，说："对，不要唱了，伤了嗓子可是大事，嗓子可是歌唱家的本钱。黄馆长的风采我们领教了，真好！"

　　阿文看见右边的顾团长脸上有一丝不快，可能是刚才她跳完没人鼓掌叫好，便说："刚才顾团长的舞跳得也好，真是黑山杨丽萍。顾团长，你还没成家吧？"

　　顾团长这才转笑，捂着嘴巴说："呵呵，我小孩都上幼儿园了。"

　　"哦，那，那顾团长真会保养身材。"阿文又表扬她一句，顾团长更高兴了。

　　这时，伍本报说："顾团长和文作家跳一曲舞吧。"

　　阿文说："你又要我出丑是不是？我哪敢和舞蹈家跳啊！"

　　阿文嘴上是这么说，其实心里还真想和她跳一回，感受一下和舞蹈家跳舞的滋味。那个文史办的马上从包里掏出笔记本电脑并打开，放了一首慢三的曲子。另一个则去关了大灯，包房里光线立马就柔和了许多。顾团长起来拉阿文，阿文则用右手挽住了她的细腰。

　　伍本报也拉着余未过来跳，半天没怎么说话的余未脸上一脸的桃花色，把伍本报搂得紧紧的。那两个文史办的坐着没动，他们不好去请黄馆长跳，黄馆长也不好主动去请谁。她也不动，看他们跳，嘴里轻轻地哼着曲子，手打着拍子。

一曲跳完，阿文敬了顾团长一杯酒，又夸她舞跳得好，跟她跳舞是一种享受。

接下来，阿文又和黄馆长跳了一曲。黄馆长跳舞也轻盈，比较规矩，步子走得平稳。伍本报请了顾团长跳，他们一边跳一边说着什么，引得顾团长笑声不断。余末和文史办其中的一个人跳，看得出那个人很局促，动作很呆板，可能是他有点畏惧伍本报的原因。

曲子一停，伍本报还搂着顾团长说笑，文史办的马上换了一首《何日君再来》，他们又接着跳起来。余末就和文史办另一个跳，这个大方些，带着余末满场转，余末很高兴。

阿文没再和黄馆长跳了，坐在那里喝茶。他好奇顾团长搽的是什么香，这香有茉莉花的味道，又掺和了别的什么花，香味纯正，高雅别致。他本想问问顾团长是什么香，又怕顾团长有其他的想法，以为自己是花痴，或者有什么企图，也就不问了。

伍本报还要阿文跳，阿文摆摆头，对他说："你们玩吧，我要回房了，小说还没收尾。"

阿文说话时，看了顾团长一眼，顾团长目光中有留他的意思，但阿文向大家挥挥手就出来了。

阿文回到房间不久，就听见有人在敲门。阿文想："难道是顾团长来了？"

他打开门一看是杨美中，杨美中抱拳作揖说："文老师跑哪儿去了？我来了四五趟了，打手机不接。"

阿文笑着问："杨大师又要替我看相算命？"

"你的相不用看，好得很，春风得意马蹄香。我是有点小事想请教你。"

坐下来后，杨美中却好一阵不说话。阿文发现他今日没带日不离手的黑折扇，以前他可是说上两句便把折扇打开，放在胸前轻轻扇两下便收拢，然后再说两句又打开。今日没带，右手像是没有着落，有些不自在。阿文想：这个历经沧桑、看尽世间各色人等的算命先生，事到临头也难镇定自若。

杨美中说："老九要和我结婚。"

"好事啊，你终于找到了知己，下辈子有依靠了。"阿文说。

"事是好事，可是……"

阿文想起来了，杨美中曾经说过他们有姻缘但有厄，当时还念了四句什么诗来着，记不起来了，反正讲的是喜事变忧伤之类的偈语。阿文想问那四句，一看他正焦虑中，也就不问了。

杨美中说："老九很认真，前些时候煞费苦心地硬是跟她的老公离了，净身出户。房屋财产都是小事，只是……"

阿文知道只是是指那四句诗讲的东西。

"我劝她不要离，'宁拆十座庙，不毁一桩婚'，可她不听。我又说自己年纪大了，两个人不相匹，别人要笑话她的。我就是一个打卦算命的，居无定所，风里来雨里去，跟了自己要受穷挨饿，她还是不听。还说七仙女嫁给了放牛郎呢，你比放牛郎差些？老九真是'王八吃秤砣——铁了心'，非嫁我不可。文老师，你说怎么办？"

"你是担心那个偈语吧？"阿文问。

"这个，这个，怎么说呢……"

果然如阿文所料，杨美中担心的就是这个。他问："没有什么办法化解吗？"

"跟懂行的人说话就是不累。如果有解，我也不会这么纠结了。文先生，这恐怕是我的命中一劫呢。既如此，何必当初啊！"

"杨大师啊，不要这么说，依我看，世上总是阴阳五行互相平衡、互相制约，说不定喜事一冲，会化险为夷，喜上加喜呢？"

杨美中摇头，不说话。

阿文不想就这事再说下去，想必杨美中早已深思熟虑，只是来跟自己说说轻松轻松罢了，或者杨美中能找到解决的办法。他对杨美中说："对了，我想在黑河边建一座'捉月亭'，你看怎样？"

"捉月亭？哦，我晓得了，你是想做个亭子来纪念江一冰，是吧？"

大概杨美中也知道李白"捉月台"的典故。

"有这个意思。不过不仅是为了江一冰。"

"这个想法很好，就是要花不少钱，大几万是少不了的。"

"钱我来想办法，想请你去选个地点。"

"这没有问题，地点其实我早就看好了，江一冰跳河的地方就蛮好。江诗人死后我去看过，那里有块大石头，有模有样，与亭自然成一景。当时我就估计你会做些什么的，没想到要建亭，真是好想法，大手笔，情意深重啊！黑山文人有你这样的朋友真是前世修来的缘分呢。"

"那我们明天去看下？"

"好的，我八点钟来叫你，我起得早，免得你睡过了头。"

阿文点头，算是同意了。

杨美中走后，阿文想老九和他真是有意思，一餐饭成就一段姻缘。如果不是当初尚斌把她们几姊妹约来吃饭，老九不会喜欢上杨美中，杨美中依旧会坐在梅园国际大酒店十八楼"周易研究会"的房间里，一个人抱着玻璃杯坐在三屉桌前枯等客户上门，饥一餐饱一餐打发自己剩余的光阴，很难产生黄昏恋。然而，这桩奇异的婚事会怎么样呢？会不会出现杨美中担心的事呢？又会出现什么事呢？两败俱伤？鸡飞蛋打？还是……他想了很多种可能出现的情况，终是不能料定会出现哪种情况。

想了一会儿他们，他又想明天还叫哪些人去？尚斌不能少，蹦蹦跳跳的事要他去做。伍本报要请，河边虽然是荒地，说不定还要城建、水务、镇政府、居委会等部门批准，伍本报出面就好些。张包？去也行，不去也可，建个亭子不会有什么法律纠纷。其他人？李奇？以后可叫他题写亭联，他肯定乐意，这是流芳百世的机会。孟敬轩？贾甄？自动散伙，不来股子了。当年的"黑山八怪"散的散，死的死，不成气候了，想想时光真是残酷。"十姊妹"？阿文想到她们，但她们帮不上忙，只能凑热闹。想到"十姊妹"，他想起老十，就拨通了老十的电话。

电话通了，里面尽是嘈杂声。老十问有什么事吗，阿文一听口气不对劲儿，就说问问你现在在哪里。老十说在北京，阿文便不再说了，关了机。阿文知道，自己和老十的关系到此为止了。

阿文喝了口茶，就分别给尚斌和伍本报打了电话，说了建亭子和明天去看地点的事，他们都同意了。

阿文临睡前，突然想起一个人来，就是做工程的长水。长水曾经做过雪梅捐资的建造龙岩小学的活，人蛮讲义气的。二十年了，也不知长水还在做工程吗？他翻看电话簿，长水的电话号码还在，一拨，竟然通了，长水在电话里大叫："文哥吗？是不是文哥啊？"

阿文说："好家伙，还记得我呀？"

"开玩笑，文哥是什么人啰！你在哪里？我马上过来。二十年没见了，想煞老弟了，我们吃夜宵。"

阿文说："今日算了，我刚喝了酒，也太晚了，我们明天见。我一时半会儿不离开黑山的，有的是见面机会，明天请你来做点事。"

长水只好作罢，答应明天一早就来。

阿文躺在床上想过去的事，二十年前一干人物又都涌现眼前……

十六

第二天一大早，长水第一个到了，进屋来就和阿文亲热得不得了，叽叽喳喳说个不停。他说他一夜没睡着，天一亮就来了，在门口抽了大半包烟。阿文是信他的话的，长水就是这个德行。

阿文刚洗漱好，杨美中来了。阿文一看杨美中就发现他可能也是一夜没睡好，脸色很不好看，印堂有些发黑，脸有点浮肿，眼袋吊得很大，人显得老气。阿文想：是不是他和老九吵了一夜？或者是两个人又干了一夜？这是有可能的，老九正是虎狼之年，成婚之前岂能浪费美好时光？老杨又是圆和之人，岂能不配合乎？

他们三人下楼一起去餐厅吃早餐，长水拿着钱包抢着要去买单，阿文说不要钱的，他才作罢。

在电梯里，阿文介绍了杨美中，长水说认识，曾经请杨大师看过风水。杨美中则不记得长水了，阿文一介绍，杨美中忙拱手向长水致歉。他们在吃早餐的时候，伍本报打来电话，说他和尚斌在楼下等着了，于是他们胡乱吃了几口就下楼会合了。

他们几人开车来到黑河边，这时河面上的雾还没散尽，一缕缕薄雾随风起舞，像条条白纱在河面上漂动。阿文站在石头旁，也就是江一冰跳河的地方，低头看着河水，像是在默哀，其他人见他那沉重的样子也都不说话。长水不知道他们到这儿来是干什么，也不好问，站在一旁看看这个瞧瞧那个，心里猜测着。

阿文问伍本报："领导说建个什么亭子好？八角的，还是六角的？"

"这有什么讲究吗？我没研究的。"伍本报说道。

阿文又问杨美中："你说呢？"

杨美中说："亭子是有讲究，但这个'捉月亭'又该怎样，我还真不知道的。"

这时，长水插话说："文哥，你们是要建个亭子啊？"

"对，忘了跟你说了，我们想在这儿建个亭子，亭子名叫'捉月亭'，捉月你知道是什么意思吗？"

"捉月？不知道，我是大老粗，你们文人的名堂多，我只知道怎么建，按图施工呗。"

"请你来就是这个意思，你给我们算算账，看总共需要多少钱。"

"这个容易，我请我的朋友赵工来，你们跟他说你们的想法，叫他先设计出图样，图纸出来预算就好说了。"

"赵工？哪个赵工？"尚斌问。

长水说："就是城建的赵守轩，专门设计园林景观的。"

"他啊，我认识。他还写古体诗词呢，我叫他来。"尚斌说完就给赵守轩打了电话，然后叫长水去接他，长水就去了。

伍本报对阿文说："钱从哪里来？"

阿文说："我出吧，我估计要十来万，这点钱我还是有的，也算我为黑山人文景观做点贡献。你说呢，伍领导？"

"这样吧，你先垫着，我找城建看能不能作为一个美化城市的项目来做，争取点资金。我不分管城建，这里面的情况不太了解，不过应该是有的。"

"你只要出马，没项目也会变成有项目。行，我们就这样干。"

他俩正说着，赵工来了。阿文以前认识他，只是二十年了，赵工老态了，头发花白，有些发福，背也有些驼了。赵工一见他们，也像杨美中一样拱手向他们作揖，一一见过。

赵工看了地点，又和长水用尺子量了地面长宽，听了阿文和伍本报对亭子的想法，他答应一周后拿出图样来。他说："其实这个项目我很早就想做，只是人微言轻，始终没做成。名人和领导要做一定能做成，真是大好事。"

他还说："城建有项目资金，这就要看伍主任了。"

阿文听了笑着说："好，资金就交给伍领导了，弄不来你自己出。"

伍本报知道阿文是说笑，点头答应了。

中午，长水请他们一行几人吃饭，推都推不掉。杨美中昨夜疲劳过度，提不起神来，喝得不多。伍本报中午不能喝，政府有规定，他只是对长水表示了一下。尚斌喝了一些，说喝了就到阿文的小会议室去睡，不去上班了，免得被上面领导检查捉住了。长水和阿文喝了不少，长水两杯敬一杯，说是一解二十年相欠之情。阿文也不阻止他，他知道长水有酒量，更讲情义。

阿文和长水喝酒时，问了龙岩小学的情况。长水说他经常去，龙岩小学原来的袁校长退休了，现在是他本家姓黄的当校长。接着问阿文是不是想再去看一下，他来安排。阿文当时没答应，只是说问问。想当年，阿文被牛三当街砍伤胳膊，袁校长带着一群小学生来医院看他，小学生手里捧着从野地采来的野花，让他好感动的，怎么也忘不了。

赵工不喝酒，说是有糖尿病，滴酒不沾，但表态会尽快把图纸设计出来，不要一分钱的设计费，这也是完成他自己的夙愿。他虽然不喝酒，但比喝了酒还激动，表态时脸色通红，说话的节奏很快。他说："黑山有幸啊，有你们这些热心文人来参与建设，一定会更加有品位、有文化底蕴。以前……"

他不说了，阿文猜测他是要说以前领导在城市建设上怎么瞎指挥、乱建设的事。

尚斌在他们说话时接了一个电话，尚斌只说了一句："没工夫！"就关了机。阿文听到是一个女人的声音，好像是老六。阿文想：他和老六闹矛盾了？恐怕这里面有故事。

当着几个人的面，阿文不好问他，只是看了他一眼，估计尚斌知道阿文这一眼的含义，苦笑一下。

吃完饭大伙就散了，尚斌真的跟阿文上楼去休息了。阿文叫他一起在床上睡，尚斌不肯，说怕阿文打鼾，吵死人，一个人去了小会议室。阿文喝多了酒，倒头就睡着了。

一个星期后，赵守轩拿出了图样，阿文和伍本报看了小样。亭子是仿古的，六个翘棱角，六根亭柱。原先赵守轩设计的是圆柱，阿文建议改为了方柱，好写亭联。亭中有四方小石桌，四个圆墩座，亭内有一圈围栏及长条坐凳，仅进亭面敞开，三级台阶上亭。后来，阿文在百度搜索"捉月亭"，有古亭图片，还有许多古联，赵守轩就是按图片设计的。阿文看着笑了，这也好，按照古亭仿做更有古韵。他抄了几副联留作备用，等亭建好叫人书写。

长水开始按图施工，阿文在"捉月亭"开工之日去了一趟，以后就没有去管它了，长水做事他放心，自己也管不了建筑的事。伍本报对建亭很热心，亲自去了城建局几次，项目立了，资金解决了，只要亭子建好，工程款一次性拨付。对于这些，阿文很感激伍本报，请他喝了几次酒。当然，请伍本报喝酒不光是感谢建亭的事，也是想重温旧梦，再与顾团长和黄馆长聚一下，跳跳舞，再听黄馆长唱《梅花泪》。可惜没能如愿，顾团长和黄馆长她们正在排演一场什么《黑山之光》的大型歌舞，封闭式排练，任何人不能外出。

阿文知道自己和顾团长没有缘分，渐渐地把她忘了，不再有半点非分之想。

阿文重回黑山这段时间里，月桂来过三次，每月来一回。月桂似乎有什么情况，不像去年那么热情和迫切了，一次都没做那事。每次来都叫阿芳陪着，坐坐，聊会儿天就走了。

阿文猜测可能是她知道阿春怀孕的事，这个事对她肯定有很大的影响。她毕竟是女人，尽管她生阿芳在前，可那又怎么样呢？名不正言不顺的。在现实生活中阿芳只能姓沈，就算跟姓沈的离了，阿芳也不可能改姓文。更何况她离婚后阿文没有任何表示，对她依旧如初，不可能跟她有什么样的结果。

或许，月桂这种情况还有其他的什么原因。不过，阿文觉得这样也好，过去那段荒唐事过去了，现在不能再荒唐。

阿芳现在不做大厅经理了，在莞生的办公室帮莞生做些杂事。她每天上楼给阿文送早餐、洗衣服。阿文感到她和莞生好像到了谈婚论嫁的时候，问了几次，阿芳总是笑着回复一句话，说："爸，我们不急您急什么？"

莞生对他还是恭敬有加，不忙的时候上来坐坐，说说酒店的事，说说文子在英国的事，没客的时候就和他小酌几杯，点到为止，不让阿文喝醉。再就是问问他有什么事，是否需要钱，身体怎么样之类的，就像儿子关照老子一样孝顺。阿文问过他几次阿春的事，莞生总是牙齿咬得铁钉断，一点风都不漏，只说还在找。其实，莞生每个月都会去文家大屋看望阿春，送东西送钱。阿春现在怀孕六七个月了，肚子圆滚滚的。据阿春说，她请了鸡公山庙里的高僧算过，说怀的是儿子，而且是文曲星。阿春不知道多高兴，每天挺着大肚子唱山歌，什么"十月怀胎一朝生，我儿是个文曲星。身着红袍朝廷走，光宗耀祖极品臣，名满天下辅明君"。

莞生为了确保阿春顺利生产，出钱请了文家阿春的一个姊妹荷花照顾阿春起居。钱出得多，加上又是亲戚关系，荷花照顾阿春像照顾皇太后，一点儿都不敢马虎。

　　这一切都瞒着阿文，他根本不知道这背后的情况。

　　红儿偶尔过来到阿文这儿坐坐，她现在的情况不太好，酒店经营每况愈下。莞生跟她说了好多次，叫她关门歇业，或者将酒店拍卖处理，有劲就帮他打理梅园国际大酒店，不做事也行，生活等一切由莞生负责，尽干儿子之孝心。然而，红儿是个犟脾气，硬撑着。好在她还有些实力，撑得住。

　　红儿酒店经营不太好，也没有心情和阿文打情骂俏，说说话儿就走，无非是要阿文催促莞生和阿芳早点完婚，好让她早点抱上孙子。这一点合阿文的心意，他也想抱外孙。

　　阿文受沈力之邀去了一趟黑山市大农生态种养殖基地，去后发现的确不错，有模有样。沈力还请了"油乐坊"的几个人作陪，李奇、词作家"哆来咪"、户外跑吧明哥，还有两个当老师的女的。除了李奇，其他人阿文没见过面，好在大家都在群里聊天，作打油诗，一介绍就熟了。

　　阿文发现那个明哥很活跃，脑子灵光，反应敏捷，出口成章，而且多才多艺，不管是写文章、书法、跳舞、唱歌、表演，什么都能施展一下，还拿得出手，上得了台面，也是难得的人才。据说他曾经在市文化局组织的一场大型歌舞中担任副导演并领舞，一帮女演员都围着他转，很是风光了一回。阿文问他认得顾团长不，明哥笑着说："你是说顾红梅？我当副导演的时候她还没出道，毛丫头一个，有几分姿色，是我把她挑选进来的，去年才当了团长，要不是靠着人大常委会伍主任，当得了个屁！"

估计明哥不晓得阿文和伍本报的关系，说话不遮掩。他说："莫看她神五神六的，其实没有什么文化，素质差，就是凭着好身材混，当一个花瓶呗。"

这一点阿文不同意他的看法，顾红梅跳孔雀舞就很到位，那是要有点功底的。听得出来，这个明哥对顾团长很有看法，当初顾团长可能对他不怎么样，没让他上手，要不然不会有这样的言辞。或许顾团长凭着八分姿色，九分身材，十分舞技，根本不把他这个临时的副导演和领舞当回事，更何况她抱上了伍本报的大腿。毕竟当时那台节目就是伍本报主抓的。

阿文听他这么一说，心里还有点发毛，也庆幸自己明智，要不是及时抽身而退，如果与顾红梅继续发展下去，那就要得罪伍本报了。阿文想：江湖复杂，不可不慎。

同来的两个老师都很矜持，言语不多。两个人的词都填得好，很有功底，其中一个就是写那首《喝火令·哭殇》纪念江一冰的，笔名秦岭。沈力一介绍，阿文对她竖起大拇指，说道："秦老师，久仰久仰！那首词写得不错，很有感情，老夫常读的。"

秦老师笑说："雕虫小技，哪能和文先生的鸿篇巨制相比，还得请大家指点一二呢。"

秦岭老师和江一冰很熟，兄妹相称，经常诗词唱和。江一冰对她很尊重，江一冰一死，她有感而发，故有那悲词念之。

阿文想："捉月亭"做好是不是把她的词刻上去呢？

另外一个姓张，张一枫，词的风格和秦岭不同，粗犷、大气，全不是女人的性格，大概是她喜欢苏东坡和辛弃疾一类的词人词风。对于她的这个风格和追求，阿文不敢苟同，他还是喜欢秦岭那种柔情似水、充分体现女性情感的创作风格。当然，人各有志，更何况张一枫写诗填词多年，早已形成自己的创作定式，想要劝她改变是不可能的事了。

几个人在沈力的基地没有"打油"，坐在门口悠闲地喝茶，胡乱找些话题聊着，倒也轻松愉快。阿文很喜欢这种氛围。

中午酒席就摆在门口，春末夏初，不冷不热，时节正好。酒过三巡，沈力临时提议以茶花为题，每人作打油诗一首，没有情趣的罚酒一杯。此时基地的茶花开得正盛，各色花卉中茶花唱主角。他们一致要阿文先来，阿文一时语塞，他对茶花没什么感觉，如果是梅花就另当别论了。阿文盯着屋旁的一株茶花发愣，他们也不催他，各自在心中想着诗句。

阿文想：说茶花什么呢？这时，他突然想到刚才明哥说顾红梅的事，就此作打油诗一首："原本茶花品不差，隐住深山藏艳华。只是俗人多好事，抛头露面附风雅。"

阿文念出，众人一致叫好，都说作家就是作家，思想境界就是不同。于是，他们都按照阿文的思路去想了。明哥动作快，脱口而出："莫怪俗人爱赏花，只因茶花出众华。即使进得朝堂上，风吹雨打牛屎巴。"

阿文听后佩服他的敏感，估计他也想到了顾红梅，耿耿于怀,正好借花表意。

"哆来咪"接着说:"管他是否牛屎巴,能添一景也不差。人生无常时光短,不如一树山茶花。"

秦岭和张一枫捂嘴轻笑。然后,秦岭便先来一首:"何方君子仗云槎,居野临盆便是家。桃李芳园颜尽扫,只为上苑满唐花。"

众人听了韵了半天。李奇说:"好是好,只是不像打油诗。不行,得罚酒。"其他人附和,硬要秦岭喝酒。秦岭推托不了,也觉得诗有些隐晦,笑着喝了半杯,算是认罚。

等秦岭喝完,张一枫说道:"橱窗壳内数株花,含笑吐艳弄韶华。隔世骚人空爱惜,心灰不若着袈裟。"

秦岭又来一首:"仙城偷开娇碧花,含情脉脉吐红芽。一朝相识东君面,愿伴双飞到海涯。"

秦岭果然好才情,众人叫好。剩下的只有沈力还没作出,大伙就催他,并说作不出不是罚一杯,而是三杯,因为他是东道主。

沈力沉吟片刻,就念道:"茶花原本也是花,深山路边都不差。人见人爱任人品,你夸我夸大家夸。"

阿文说这不行,敷衍之作,不算数,罚酒一杯。众人同意,硬逼着沈力喝了一杯酒。沈力喝完说:"自作自受啊,谁叫我出这么个题呢?欠思考,欠思考啊!"

众人听了又笑。

夕阳西下,沈力要留大家吃晚饭,几个人都说喝不得了,就坐车回黑山了。

十七

"捉月亭"建得很快，不到两个月就进入了上漆描画的后续装修阶段。阿文约伍本报等人去看。亭子撤了脚手架，虽未涂金抹彩，可一半在水一半在岸，飞檐翘首，灰色琉璃瓦透着古香古色，亭子的形象出来了。阿文发现亭子的右边栽了数十根竹子，左边那块石头旁有一大蔸茅荻，这些原先是没有的，想必是移来的，一问果然是。长水说是赵工安排的。尽管现在茅荻叶子泛青，没有韵味，但等到霜打雪染，白色荻花随风摇曳，就真有白居易浔阳江边送客船的情景了。

阿文想：赵工这老夫子果然文学功底深厚，并非泛泛之辈。

他和伍本报站在那里确定了柱联和匾额内容。匾额就写"捉月亭"三字。柱联选了一副古联，只在进亭两边柱上题写"诗酒神仙，吟魂醉魄归何处；江山如画，月色涛声共一楼"。其他四柱暂空不写，留等后人补题。待所有内容敲定下来之后，他们要阿文题写"捉月亭"三字，意思是阿文是黑山名人，文人书法颇有情趣，又是建亭倡议者，理所当然题写匾额。可阿文不写，说自己的书法拙劣，写了丢人，如果要写亭记就当仁不让了，就当一回无名英雄。他要伍本报题，说领导题写更好，现在都兴这个。当然，他知道伍本报的书法不逊于李奇，在黑山也是有名气的。伍本报谦虚推了几句，最后答应了，其实他也想借亭留名。柱联题写和匾额制作都交给李奇负责，李奇很乐意做这些事。

阿文本想把秦岭写江一冰的词刻到亭子上沿去，但一想建此亭不光是为了江一冰，刻上去就只成了江一冰的亭子了，有些喧宾夺主，不太妥当。但他又很喜欢秦岭的那首词，不用太可惜。于是，他走出亭子来到亭旁的那块石头四周看，那块大半人高的石头左侧正好有一面比较平整，他对长水和李奇说："嗯，这石头生得奇巧不说，此面正好可刻一首词上去，你们就把秦岭写江一冰的词刻在这里吧，也算是纪念江一冰。以后如有文人想在此处树碑立传，添些石头形成碑林也是可以的，那就成为黑山一大景观了。"

李奇开玩笑说："你要是千古了，我来设计如何？"

长水说："文哥现在想的话，我就去弄块石头来，保准比这块更好，费用我出。"

阿文说："你们想我死啊？等我死了你们再搞吧，到时候你们不搞，我是要托梦给你们的，吓也吓死你们。"

长水把胸脯拍得"嘭嘭"响，他说："文哥，放心，老弟一定做到。"

阿文拍了拍长水的肩膀，说："我相信，长水是讲情讲义之人。"

说完，他从手机微信中将秦岭的词传给了长水，长水打电话找人来刻。

他们说话时，伍本报在一旁一直没吭声，右手指在左手心上画，阿文估计他在琢磨"捉月亭"三个字怎么写，他知道题字的分量。伍本报听到阿文在此处做碑林的想法，冲着阿文竖起大拇指，说："好！想得周全，又是大手笔。"

几个人就在亭子的四周指指点点，说这儿可以放一块石头，那一处可以立块石碑，说着说着都觉得是替古人操心，然后笑着随长水去梅园国际大酒店喝酒。酒席上，大家议定了农历七月半庆祝"捉月亭"落成，并举行"曲水流觞"那样的野炊活动。伍本报当场拍板：一是野炊费用他全负责，自己掏钱；二是每人都得带个伴，不准单身，不论老婆情人，否则不能参加；三是每人要表演节目，作诗填词唱歌都行，否则罚酒。

大伙都赞成。

在阿文忙着建亭的时候，杨美中和老九也在紧锣密鼓地忙着他们的婚事。按照杨美中的想法，他们的婚事低调处理，也就是去领个结婚证，请两桌客告知亲朋好友即可。而老九不愿意，说结婚是人生大事，不能马虎，双方朋友要请不说，亲房叔侄都要请，不要他们送礼，就图个热闹。老九说着就趴在杨美中的身上，像蛇一样直扭，脸对脸说："不，我就要！"

杨美中理解老九，老九想借结婚场面来证明自己结婚是认真的，消除别人以前对她的种种不好看法，证明自己不是傍大款，而是追求爱情。当然，老九这种想法没有错，黄昏恋又怎样？最美就是夕阳红，人生有多少灿烂时刻呢？

杨美中没有办法，只得听老九的，他知道老九是真爱他。

老九会算账，婚礼的酒席就摆在她的麻辣火锅店里，除去购买菜肴、烟酒，其他费用节约不少。他们不是一次性请客，她的店只有四张大圆桌，中午晚上连续请，一天也只能请八桌人。第一次请了"十姊妹"和阿文他们，再就是双方主要亲戚。婚礼由阿文和老四"海带"共同主持。他们是二婚，按说也没什么新动作，加上地方又小，红地毯、婚礼门，奏婚礼进行曲、放礼花等都搞不成气，一切从简。

阿文高喊一声："杨美中、朱小丽结婚典礼开始，鸣炮！"

老九的店小二就在门外点燃鞭炮，"噼里啪啦"响了半天，店里尽是爆竹烟，呛得大家咳嗽半天，眼睛流泪。

阿文今天才知道老九姓朱，叫小丽。

阿文和老四配合默契，尽兴调侃，婚礼主持得像模像样，气氛热烈，还真像那回事。来宾们开怀大笑，老九更是喜上眉梢，只是苦了杨美中，浑身是汗，西服领子都浸湿了。

他们结婚那天是老历六月初六，天热得不行，气温三十九摄氏度。坐在店里像坐在火炉上烤，还没喝两口酒、动几筷子菜就大汗淋漓。店里只有两台吊扇，扇的都是热风。尚斌、李奇等人忍不了片刻就顾不上斯文，脱了T恤，光着膀子，跟街上推车引浆之流无二样。本来杨美中想去"梅园国际大酒店"请客的，老九不同意。当然，杨美中理解老九，觉得这样也行，并认为老九是过日子的女人，只是苦了来客。来客们都是要好的朋友，尽管热得不行，也只能忍着。

吃完喜酒，阿文和尚斌、李奇等人去河边乘凉。阿文说："杨美中今夜肯定要呼风。"

尚斌问："呼风？呼什么风？"

阿文说："呼风的故事你们也不知道？说是乡下一个年轻崽也是这个时候结婚，晚上睡的是新被窝，又是新婚，第一次做那事格外用劲，热得出大汗，最后实在不行就出门，站在门口大声呼风，'呼——'，就把他爸吵醒了。他爸骂他：'剁头崽，不好生跟媳妇睡觉，深更半夜呼什么风？'他说：'热得没有用了，不呼点风人都要热死，还睡个屁！'"

尚斌他们听了就大笑，说："杨美中今夜真的要呼风喽！"

杨美中和老九一连请了三天客，杨美中快虚脱了，人都走了样，一阵风都能把他吹跑，毕竟快七十岁的人了。

阿文站在河边说了一会儿话，感觉身体不舒服，就回酒店倒床上就睡，做了一个小说梦。他经常在梦中写小说，或者说做了一个梦醒来就琢磨半天，看梦中的场景能不能写成小说。这个下午做的梦真是一部小说,还是一部从不涉猎的侦探小说。

在梦中，他和一个从澳门回来的女人在飞机上通过精心设计的方案，两个人配合默契地把一家赌博场给赌徒护送的赌资三百万搞到了手。梦中的这个女人长得漂亮，就像著名女作家严歌苓的长篇小说《妈阁是座城》中的女主人公梅晓鸥。

阿文刚看完这部小说。

梦中像梅晓鸥的女人在澳门一家赌场潜伏了好长时间，一直跟随送款保安到内地，故事就从内地一个飞机场开始。送款保安很狡猾，为了把赌资安全送达，他们要从这一架飞机临时转移到另一架飞机，而且距离起飞时间很短。但他们的动作完全在设计和预案之中，他俩只须在另一架飞机上守株待兔。于是乎，他们在飞机上利用突发事件制造混乱，在飞机降落之前成功调包，最后顺利地拿到了赌资。

　　当然，他在机场接机之时，和那个像梅晓鸥的女人在候机室里上演一曲爱情戏是少不了的，他们紧紧拥抱，热烈接吻，是那种久别胜新婚的激烈程度和表现。

　　阿文醒来想，自己怎么这么荒唐，做了个与澳门赌博有关的梦呢？澳门他去过，但没有去赌博。他听说澳门赌场很讲规矩，不管你赢了多少钱，不管你要把钱送到全世界任何一个地方，赌场都会帮你安全送达，直到与你交接完毕签了字他们才返回。他在武汉市汉正街的一个老板朋友跟他说过这种事，说他和另一个老板去澳门赌博，每人带了两千万去，他输得一塌糊涂，只剩下返回的路费，而他的同伴却赢了一个亿。同伴就叫赌场护送到武汉，赌场派保安送到武汉，一分不差。但是，他听说这个故事是十几年前，怎么现在又想起来做这种梦呢？

　　阿文没有吃晚餐，躺在床上不想动，整个晚上精神恍惚，身子软软的没有力气。他想自己是不是病了，想打电话叫莞生上来，可一看时间太晚了，就放弃了，喝了几口水又昏睡过去。

　　第二天早上，女儿阿芳照样按时送饭来，敲了半天门没听见人答应，心里就有点慌，赶紧给莞生打电话。莞生一会儿就上来了，他敲门也没有人回应，便掏钥匙打开了房门。他们进去一看，只见阿文睡在床上一动也不动。莞生走上前去喊他，他睁开迷糊的眼睛，张口想讲话，可发不出声来。莞生一摸他的额头，感到很烫，就知道他是病了，于是马上打电话叫救护车。阿芳吓得不得了，弯着腰哭着喊着："爸，您怎么了？"

莞生扶他坐起来，又帮他穿衣穿鞋，然后背着他出门。莞生感觉阿文很轻，像背着一片树叶。他们到大门口时，救护车来了，众人便把他抬上救护车，一路呼啸着急奔医院急诊室。

一路上阿芳握着他的手，生怕他离她而去，眼泪就没停过。等医生护士把他推进急诊室，阿芳这才想起给她妈月桂打电话。

医生一阵忙碌，又是抽血化验，又是做心电图，最后结论出来了，阿文因中暑严重脱水，须住院治疗。等到护士给阿文输上液，月桂才一路小跑进了病房，跑得气喘吁吁，脸色通红，一脸的汗。她问了情况，说："昨天我跟他说了的，他不听，非要去参加杨美中的婚礼，还要我去。好啰，热出病来了吧？人老不服输，自找苦吃。"

阿芳说："妈，少说两句，爸病成这样了，您还说他。"

"不说？不过说了也没用，你爸就这德行，日后终究是要死在这德行上的。"

这时，阿文好了一点，睁开眼睛看月桂，又看阿芳，他想坐起来，莞生忙把他按住了，说："您别动。"

阿文说："要不是阿芳来，我真的是要死了啰！半夜是想给莞生打电话的，可一点力气都没有，这中暑还真的厉害啊。"

月桂懒得和他说话，站了一会儿，看他有所好转，死不了，就说单位还有事就走了。她也不跟莞生和阿芳交代什么，知道他们会照顾阿文，也不跟阿文说再来不来的话。

阿文见月桂就这样走了，心里起了疑惑。想当年自己被牛三砍伤住院，她哭得像泪人儿似的没日没夜地照顾自己，而现在……阿文估计月桂彻底地变了，不再是二十年前的月桂了，他们的缘分和恩爱已经走到了尽头。他想到这儿，心里涌出一丝悲伤来，不由得流出了眼泪。

看见阿文流泪，阿芳忙问："爸，您哪儿不舒服？我去找医生来。"

阿文知道阿芳不明白自己的心思，摇摇头说："没事，不用去。"他又对莞生说："你去忙吧，阿芳在这儿就行了。"

莞生不想走，阿文又说："打了针就好了，我现在感觉好多了，不用担心，你去忙。"

莞生还不想走，阿文挥挥手，莞生看了阿芳一眼就走了。

输了两瓶药液，阿文感觉没事了，就不想再打了。阿芳不同意，说打完了再说，阿文就靠在床头闭目养神。临近中午，针快打完了，阿文想回去。阿芳把主治医生找来，医生看了看阿文的情况，说最好是再住院观察一下，明天再打一天针，如果没有其他反应就可以出院。阿文没办法，只能听医生的。医生走后，阿文对阿芳说："女儿，我饿了，你去买点吃的来。"

阿芳说:"您想吃什么?叫酒店送来?"

"我看不必了,大老远的,麻烦别人不好,就在医院附近买点什么就行了。"

这时,莞生给阿芳打电话来问情况,阿芳就说了老爸要吃饭,莞生说他带过来。阿芳挂了电话,阿文说:"臭丫头,你没叫他带瓶酒来吗?"

阿芳说:"您病了还喝酒啊?不想活了是吧?"

阿文笑着说:"我想喝酒就说明我好了,你不懂的。"

阿芳听了就要和莞生打电话,叫他带酒来。阿文不同意,叫她在医院附近买。这时,护士刚好进来,听说他要喝酒,忙说:"你打了头孢,不能喝酒,喝了要出人命的,出院一个星期都不能喝。"

阿芳冲他做个鬼脸,说:"怎么样?我说不能喝吧!"

阿文往后一躺,说:"真要老命哦!"

在阿文吃饭的时候,莞生把阿芳叫到门外走廊里,告诉她阿春阿姨要生了,正在往医院里赶。阿芳一听就急了,问情况怎么样,莞生说救护车已经去了,有妇产科医生,应该没问题,叫她暂时不要告诉阿文,怕他一急病情反复,阿芳同意。阿芳说:"我去妇产科等,你去照顾老爸。"说着就走了。

莞生走进病房来,阿文用筷子指着莞生说:"你们两个小家伙搞什么鬼?鬼鬼祟祟的。"

莞生笑着说:"有什么鬼鬼祟祟的?阿芳有点急事要去办,我照顾您还不行啊?对了,看我一忙忘了给您拿瓶酒来的,应该喝两口祝贺祝贺您大病……"莞生本来想说大病不死，想到不吉利就不说了。

阿文说："医生说不能喝，打了头孢。"

"哦，那是不能喝。呵呵，为我节约钱。"

十八

第二天，阿文又输了一上午的药液，输完之后他想回酒店去，不想再住院了。一是自己感觉还好，二是莞生和阿芳都不在，不知他们干什么去了。想到他们都忙，自己在医院待着总要让他们操心，回去休息休息就行了。当他下床刚刚站起，突然腹部一阵绞痛，痛得厉害，不是一般地痛，撕心裂肺地痛着，像是有人用力扯着肠子，肠子要被扯断似的。他痛得大汗淋漓，汗珠像雨点往下流，他按着肚子倒在床上。忍了半刻，可还是疼痛难忍，只好按了呼叫铃。大概是护士看见他像只虾子缩在床上，痛得脸变了形，急忙跑出去叫值班医生。值班医生跑来一看，也紧张起来，简单询问病情之后立马给他打了一针止痛针，然后进行各项检查，最后得出结论是急性肠胃炎。

就在阿文痛得要命的时候，阿春在妇产科产床上因大出血死了，连同她肚子里的儿子。阿春是高龄产妇，她肚子里的儿子因窒息而死亡。

在医院抢救阿春的时候，莞生在产房外急得大喊大叫，全然不像平日里彬彬有礼的做派。他叫道："你们不救活她，我跟你们拼命！老子把医院全买了，叫你们都滚蛋，都失业！"

阿芳急得六神无主，泪流满面，后来才想起给她妈打电话。月桂来后，很冷静，先稳住两个年轻人，叫他们不要闹，然后找医生问情况，请求他们全力抢救。

阿春大龄难产不说，她的血型也特殊，是什么世界上最稀有的一种，这种血型在全世界只有千万分之一。市医院和省医院血库里根本没有储备这种血型的血。而且，阿春的血管破裂后血根本止不住。

阿春送到医院一路上还是好好的，情况比较正常，入院后助产士先是按正常分娩进行助产。可是，生了一夜生不出来，孩子缺氧，医生怕孩子有危险决定剖宫产。然而，一打开肚皮就止不住血了。

阿春死了，死在了这个炎热的七月天里。这天是农历六月初九。这天天气暴热，室外温度超过了四十摄氏度。

在月桂、莞生和阿芳在为阿春痛哭流涕的时候。阿文在病房里也撕心裂肺地痛着，只是他根本不知道隔着他三层楼上发生的一切。等他打了止痛针、输上药液平静一些的时候，他听到护士们在议论妇产科刚刚死了一位高龄产妇，他心里一颤，立马想到了阿春，但也只是一瞬间，他根本没有和阿春联系上。他不知道阿春在哪里，也不知道阿春的预产期。

过了不久，莞生进来了。阿文看见莞生神情沮丧，就问他："怎么了？酒店出了什么事？"

莞生毕竟是年轻人，没有经历过这种情况，一时不知怎么说，支支吾吾地说：“没……没什么事，一点小事，处理好了。”

阿文说：“本想今天出院回去的，谁知又得了急性肠胃炎，又得在医院住几天啰。”

莞生一听就紧张地问：“急性肠胃炎？什么时候发的？”

“刚才不久。没事了，现在打了针止住痛了，刚开始真要命哪，绞痛得厉害。”

莞生想：这是心灵感应吗？阿春和他儿子一死，他突然得了急性肠胃炎，这之间有什么联系呢？他不敢想了，越想越害怕。

阿文见莞生呆呆的，就说：“生仔啊，我真好些了，你去忙吧，没事的。”

莞生对他说：“我出去下，待会儿再来。”

莞生本来是想告诉他阿春的事，看到他这样子就不敢说了，怕他受不了打击，万一再出现什么事就更不得了了。他出来后跟月桂、阿芳商量怎么办。月桂说：“怎么办？有什么怎么办的，把阿春送回文家大屋去葬了呗，还能怎么办？”

从月桂的口气中可以听出她对阿春和阿文还是有意见。她能来帮助处理阿春的后事主要是看在女儿阿芳的面子上，否则根本不可能来。

莞生说：“得留下来一个人照顾文叔叔，他现在病得厉害，得了急性肠胃炎，痛得厉害。”

阿芳一听又急了,问:"老爸怎么样了?有没有生命危险?"

阿芳被阿春的死吓怕了,一下子就联想到死,她听说现在好些了才放下心来。

莞生说:"月桂姨留下是最好的,可送阿春姨回文家大屋没长辈不行,不好跟文家大屋的人说的,埋葬都要文家大屋的人帮忙。可是,我知道月桂姨从未去过文家大屋,对那里的人都不认识,这……"

月桂想了一下,说:"这样吧,叫你干妈来照顾你爸,叫你大妈夏莉一起回文家大屋。她是文家的媳妇,她能说上话。我也一起去,万一有什么事我可以找村委会出面,那里的村支书和村主任我都认识。"

莞生觉得月桂这样安排妥当,他给红儿打了电话,要她来照顾阿文,没和她细说阿春的事。他知道红儿不了解阿春。红儿答应马上来。莞生在电话里说:"干妈,您不要跟文叔叔说什么事,就说我和阿芳去乡下办急事了。"

红儿在电话里说:"崽啊,我知道的。"

阿芳哭着给夏莉打了电话,夏莉有些犹豫,月桂接过电话又跟她说了几句,她才答应。

夏莉接电话时刚从凤池山的庙里回来。她从文子去年去英国后就彻底断了一切念想,吃斋念佛,成了不住庙的居士,皈依了佛门。

夏莉赶到医院,了解情况后就给阿文乡下的二叔公打了电话。说了要把阿春送回去安葬的事，请二叔公出面安排，二叔公答应了。二叔公是现在文家大屋辈分最高的人，很有威望，说话一言九鼎、一呼百应。二叔公很明事理，他在电话里说："送回来吧，不管怎样说，阿春是文家的媳妇，也是孝贤的媳妇。尽管阿文没娶她。但她在文家生活了那么多年，精心照顾老阿婆，养老送终，尽了孙媳妇的职责。又是因为生文家的子嗣死的，更何况她肚里还有孝贤的崽、文家的子孙，应该回来安葬的。媳妇死了是可以进祖坟山的，以后也是文家的太婆。没什么可说的，我立即找人安排，等你们回来。"

孝贤是阿文的本名。

夏莉没跟二叔公说阿春的儿子和阿春包在一起。

在回文家大屋的路上，莞生开自己的车，月桂坐在前面，一脸的沉重，不知道她在想些什么。夏莉和阿芳坐在后排，还有一直照顾阿春的远房侄女荷花。夏莉从上车后一直在捻着佛珠，嘴里不停地念"南无阿弥陀佛"。阿芳一会儿想着春姨，一会儿想着老爸，心里乱乱的，她对夏莉说："大妈，以后怎么跟我爸说呢？他会怎样？"

夏莉睁开眼睛看了阿芳一眼，眼神很复杂，有对阿芳不屑的成分。当然，夏莉到现在对阿芳也是不认可的，更不认可月桂，月桂是第三者插足。阿芳是阿文和月桂做的孽，是私生女。作为文家名正言顺的媳妇，在她的思想里，儿子文子才是文家的人。当然，阿春的儿子不死，也是文家的人，阿芳也是，只是她是个丫头片子，女儿是别人家的人，不作数的。她之所以来帮助处理阿春的后事，主要是她现在已是吃斋念佛的佛门中人，做善事，同时也有看在文家的份儿上。

夏莉说："怎么说？有什么好说的？不用说，不必说，何须说？哪里来归哪里去。"

月桂听了回头看了一眼夏莉，感觉夏莉这话说得有理。一切都是浮云，都是梦魇，就是一场梦。同时她又强烈地感觉到，夏莉已不是以前泼妇样的那个夏莉了。

离文家大屋还有几里远，在一个山垄口的路边，二叔公和一群人在那里候着。垄口搭了一个竹篾棚。棚里两条长木凳上放着一口上了漆的棺材。棺材前有一小方桌，桌上摆了供品和蜡烛，棺材后边还有四袋干白石灰。

进垄口不远处就是文家的祖坟山。

阿春的灵车一停，棚前一个小伙子点燃鞭炮迎接，"噼里啪啦"地响成一片。棚边站着的四人乐队立刻吹响了手中的乐器，哀乐声顿时在山野间回响。二叔公忙着指挥几个人把阿春从灵车上抬下来，放在一边准备封殓。

莞生和阿芳赶紧下车去跟其他人下跪。夏莉下车后一看乡人从灵车上抬下了白布裹着的阿春，一反常态放声大哭起来。她或许是回到了老家，见了亲人。或许是作为姊妹，妹死姐伤心。更有可能她是阿文家的老大，在亲房面前应该这样做。她哭道："姊妹哎，人啰，可怜一去不回来哦！姊妹哎，人啰，叫我以后靠何人哦！姊妹哎，人啰……"

夏莉一哭，感染得月桂也泪眼婆婆的，她也想放声哭。雪梅当年死后，只有她一个人在殡仪馆内放声痛哭，口里念念有词，哭得一些人跟着伤心流泪。可今日她没有那种状态，毕竟她和阿春没见过面，两个人没有感情，还有文家的人不知道她的身份。

哭得伤心的还有服侍阿春的荷花。她跪在地上趴在白布裹着的阿春身边痛哭，"阿姐啊，阿姐啊"地喊着，但又哭不出词来。

月桂和阿芳左右扶着夏莉，夏莉哭了一会儿就不哭了。她看见只备了一个棺材，想问二叔公，阿春跟她的儿子一个棺材合葬吗？乡下的风俗，阿春的儿子应该单独用棺，乡下对男丁比女子更加看重，估计他们认为阿春的儿子还在她的肚子里，所以才如此。

夏莉在医院停尸间给阿春换衣时，把她的儿子放在她的裆下，用的是阿春带来的婴儿包布。给她儿子也穿了新衣新裤新袜新鞋，头上还戴了虎头帽。她儿子一头黑发，模样跟阿文一色，大眼大嘴。当时她想，这老家伙还真行，这么大年纪还能生出崽来。

夏莉心里想了一下，就没再问了。心想，就让阿春和她儿子合葬吧，可怜的小人儿，出来也没能看一眼自己的娘，看一眼他造孽的爹，看一下这纷繁复杂的世界，也没哭一声……阿弥陀佛。

二叔公对趴在那儿的侄孙女说一声："荷花，莫哭了。"荷花就擦着泪起来了，身子还一抽一抽的。二叔公接过莞生递过来的烟，点燃抽了一口，然后对夏莉、月桂、莞生和阿芳说："孙媳啊，按照规矩是要把二孙媳妇接进文家祖堂的。在祠堂封殓，念经做道。可阴阳先生算过了，说二孙媳是恶死，又死在外面，不能进祖堂。还只能及时封殓，及时下葬，否则对文家族人不利，所以……"

夏莉说："二叔公，我们年轻不懂，您老安排就是。孝贤又在医院住院，病得比较重，阿春老妹的死都没敢告诉他，怕再出事。请二叔公暂时保密，等以后孝贤病好了再回来感谢您老人家。"

二叔公说："哦，是这样啊，难怪没看到孝贤。那就这样吧。"

于是，脚夫就往棺材里倒干石灰，然后把阿春和她的儿子抬进棺材里，不一刻工夫就装好了，盖上了棺材板。盖板之后，夏莉、月桂、阿芳，还有荷花都扑在棺材上，喊姊妹的，喊细娘的，喊阿姨的，哭了一阵子。莞生站在一边泪流满面。执事站在一旁念了四句祝词："宝主上堂，有觉有灵。佑启后裔，富贵盈门。"然后一声吆喝："乐起——"乐队就吹响了哀乐，脚夫就举着斧头"咚咚咚"地几下子钉上了棺材盖。接着，执事又在棺前做了简单的祭奠仪式，叫莞生和阿芳跪着献了祭品。执事又念了四句："急成祭奠礼不恭，有感圣驾施神通。神其返寝荫庇佑，人财双发太平中。"

等脚夫把棺材绑好，各就各位，执事高喊一声："起——"八个脚夫就把棺材抬起送上了肩，一步一步抬着往垄里走。莞生举着幡走在前面，阿芳端着灵牌跟在后头，再后面是抬棺的人，棺材后是乐队，乐队后跟的是夏莉和月桂以及她们不认识的文家亲房，一路吹吹打打，哭哭啼啼去了文家的祖坟山。

他们把阿春安葬好，天色已晚，走到垄口，夏莉和月桂想要回去。二叔公硬是不准，说是酒席准备好了，吃了再回去，再说等下莞生和阿芳还要去敬做事的人的酬谢酒。尽管他们不是阿春嫡亲的孝子孝女，这个礼还是要讲的，不然别人会说文家的人不讲规矩。

夏莉和月桂没有办法，只得随二叔公去文家大屋祖堂。在进文家祖堂的时候，莞生塞给二叔公两沓子钱，两万元，他估计这钱够阿春安葬的费用了。

在破旧的文家祖堂摆了四桌酒席，一些刚才没见的文家亲房也来坐席吃酒。开席后，莞生和阿芳一一去敬酒，先敬了那些脚夫。其他坐席的人都比他们的辈分高，莞生和阿芳就"叔公、叔婆、阿公、阿婆"一气乱叫。莞生要开车不能喝酒，用水代替，那些长辈也不见怪，自家端杯自喝。莞生和阿芳一圈下来又在主席桌上敬了二叔公，二叔公不站起来，一只手端杯，一只手还按着左边的衣口袋，那口袋里装着莞生给的两万元钱。他们再敬夏莉和月桂，夏莉吃斋不喝酒，月桂喝了。月桂对莞生说："好莞仔，你干爸没白疼你。"

夏莉听了扭头看身边的月桂，有些不屑一顾，意思很明确，你算哪根葱？

莞生和阿芳敬完酒刚坐下，文家的亲房都来敬他们两人。

大家都知道了莞生是大老板，人又讲情义，佩服得不得了。一个和二叔公同辈的老者敬莞生的酒时说："好后生崽，跟你爸一样有出息，为我们文家争了光。"

显然，这老叔公把他当成文家的女婿了。老叔公自己喝尽杯中的酒又说："贤孙婿啊，你几时出点钱把文家祖堂修整下，文家更光耀了。"

莞生看了一下文家祖堂，问："需要多少钱？"

莞生问时，月桂悄悄拉了莞生一下，意思是不要乱表态。

老叔公说："起码要几十万吧。"

莞生说："行啊，过段时间我和阿爸一起来看下，按他老人家的意见办。"

阿芳听了一脸的笑，头歪在莞生的肩膀上。那老叔公高兴死了，又自饮一杯表示感谢，然后又举杯邀同族的人一齐敬莞生的酒。

…………

十九

他们回到黑山已是半夜了，沿路把月桂和夏莉送回去后，莞生和阿芳担心阿文，又到医院去看望。在病房门口见里面是漆黑的，估计他睡了，这才回酒店休息。

阿芳这次没有回自己的房间，而是和莞生一起进了莞生的房间。莞生想她是害怕，没有拒绝。他们认识多年，互相爱慕已久，但他们从没亲热过，连接吻都没有。

莞生洗后躺在床上看手机微信，阿芳在卫生间仔细地洗着，花洒的水溅得哗哗作响，莞生听了就没有心思去看手机了，在床上心急火燎地等待着阿芳。

这夜，阿芳怀上了莞生的孩子，一个新生命在她年轻的身体里开始茁壮成长。

他们决定春节完婚。

莞生他们送阿春回文家大屋不久，红儿便来到了病房。阿文正靠在床头看微信，他吃惊地问："噫，你怎么来了？"

红儿在床沿坐下，说："是雪梅叫我来照顾你的啊，你不记得了？"

　　阿文知道她又在说笑，说："跟她相会的日子不远啰，上午差点就去了的，痛死人了。"

　　红儿问："现在好些没？"

　　"还好，打了止痛针，小腹这会儿还是隐隐作痛，恐怕一时好不了。对了，莞生他们呢？半天没看见他们了，两个死崽头，丢下老子不管了。"

　　"他们忙急事去了，叫我来照顾你，不行啊？"

　　阿文不回话，只是盯着红儿。红儿上上下下看自己的身上，以为自己身上有什么东西。她说："怎么啦？老太婆有什么好看的。"

　　阿文说："其实吧，也不需要人照看的，这是高级病房，二十四小时有护士值班。红儿啊，有事你就去忙吧，我死不了的，我还要看着莞生和阿芳结婚，看他们生孩子呢。"

　　"你以为我愿意在医院陪你吗？我还怕别人说我的闲话呢，可我干儿子吩咐了，我不得不听，你就给我老实躺着吧。"

　　阿文就不说话了，又去看微信。红儿坐了一会儿，起身去卫生间。

　　躺在病床上，阿文想到了阿春。也不知阿春是真怀孕还是哄自己高兴？如果真是怀上了，现在也该生了。不过自己年过半百，定是没有那个能力的。但是，如果没怀上，她干吗要躲起来呢？

　　阿文想得头痛，懒得想了。他对阿春这些年就是这样，没有认真考虑过阿春，他的思想就是自生自灭，随她去。

红儿出来，对阿文说："你想吃什么？我去买。"

阿文说："不想吃，没胃口，你自己去吃吧。"

红儿等吊瓶药水滴完就下楼去买吃的，她给阿文买了一份莲藕排骨汤，自己买了一份盒饭。吃饭的时候，红儿讲了她和雪梅在东莞的事。她说：

"你不知道吧？我估计以前雪梅也没跟你说过，我也是莞生亲爹的人呢。这个雪梅可能知道，可能不知道，雪梅不死我是不会说的。莞生的亲爹从人才市场把我招来专门照顾雪梅怀孕生产，从此我就和雪梅有了姐妹关系。莞生的亲爹在人才市场找了好几天才选中我，他就是看中我是雪梅的同乡，语言相通，好交流。其次可能是看中了我的相貌，我的相貌和雪梅相似，我那时长得也漂亮。我和雪梅有姐妹缘分，我喜欢她，她也喜欢我，我们以姐妹相称，外人也一直以为我们是亲姐妹。莞生的亲爹那时有钱，也舍得在雪梅身上花钱，一个月给十万，雪梅回黑山做酒店都是老朱的钱。她要是不认识老朱，不可能回来开酒店的。光凭一个月一千多元的打工钱能开酒店？做梦去吧，打死了也不行。记得老朱和我发生关系是雪梅生莞生之前的三个月，那时雪梅怀着莞生，成了大肚婆，不能和老朱同房。

"有一天下午，天气不冷不热，雪梅在家里坐闷了，要下楼去公园里散步。可我要准备做晚饭，她不要我陪她去，她自己去。我准备好晚餐，时间还早，就在卫生间冲凉，这时老朱回来了。通常这个时候老朱不应该来的，又不是星期六和礼拜天，他是临时来东莞处理生意上的事。老朱在卫生间门口偷看我洗澡，然后他脱光了衣服跑了进来，一把把我抱住了。不久，雪梅回来了。可能是雪梅看见我的脸色绯红，热潮还没褪去，有点怀疑，但看见老朱坐在沙发上安然抽烟，就去和老朱亲热去了。老朱这一次更大方，一次性给雪梅的银行卡上打了二十万，说是今天赚了大钱。当然，晚上老朱悄悄地跟我说也给我五万。这个时候雪梅已睡下了，他甜言蜜语跟我套近乎，尽说些撩拨人的流氓话，还想跟我睡觉，我坚决不同意，他没办法，只好回雪梅的房间。打那以后，直到雪梅生下莞生的半年里，我就成了第二个雪梅，只是我没雪梅那么幸运地怀上孩子。

"我和老朱做那些事都是躲着雪梅的，像地下工作者。老朱半夜像老鼠一样偷偷溜进我的房间，然后气喘吁吁溜回雪梅的房间，我感觉老朱就是一只贪吃的大老鼠。

"雪梅很聪明，生了莞生后对老朱管得很严，一个星期不来电话要打爆，而且经常威胁老朱，他不来就去香港找他、找他的太太。老朱很怕她，当然也是看在儿子莞生的面子上对雪梅百依百顺。有一次老朱在东莞外面喝花酒，雪梅抱着莞生去酒店找他，当着许多人的面打了陪老朱喝酒的女人，回来还要割腕自杀，就像月桂一样。老朱害怕死了，给雪梅下跪，说尽了好话，发誓再也不找另外的女人玩。现在想想，老朱不是怕雪梅，而是在乎他的儿子。莞生那时不满一周岁，他需要雪梅去照顾他儿子，香港老板对儿子很重视。后来你知道的，莞生满三岁老朱就把他抱回香港了，把雪梅和我，像扔破鞋一样不管了，我们这才回到黑山各自开酒店，雪梅才和你有了那段生死恋情。"

红儿唠唠叨叨说个不停，好像是洪水决了大堤，一泻千里。阿文也不想打断红儿的叙说。红儿说的都是他从未听说过的事，以前只听雪梅说过她在东莞生莞生的事。

红儿说完，太阳下山了，一片粉红色的晚霞映照在窗玻璃上，像是涂了一层釉，夏天的晚霞很美。

阿文看着红儿，红儿看着他，两个人都不说话，病房里很安静，静得能听见对方的呼吸声。

红儿问他："你晚上吃什么？我去买。"

阿文清醒过来，他说："还真有点饿了。我们出去吃吧，免得你爬上爬下的。"

红儿笑，说："你能走吗？"

阿文一转身下了床，说："我还没病到那个程度，要是那样那就真的完啰！"

在去红儿酒店的路上，阿文问红儿："你从老朱那里捞了多少钱？"

红儿说："你问这干吗？没雪梅多的。"

阿文二十年前和伍本报在红儿的月月红酒店吃过一次饭。那是雪梅跳崖自杀后的第四天，当时他心里很悲伤，同时又对雪梅的赠予很纠结，不知道怎么处理雪梅赠给他的梅园酒店和几十万存款，所以对红儿的百般殷勤没有丝毫兴趣，认为她没有雪梅纯洁和文雅。也就是从那次以后，他对红儿到现在都没有好感，可没想到二十年后又和她接触，她成了莞生的干妈，雪梅还委托她来照顾自己。阿文觉得这就是梦。

红儿的月月红酒店还是那个样子，可能翻修过，酒店的装饰还是新的。一长溜从一月到十二月所谓的这个红那个红的包房没什么客人，显得很冷清。他们到红儿的"月月红"包房坐下，这里的包房和雪梅的梅园一样，食住两用。

阿文朝开着门的套间里看了一眼，看见床上零乱，枕头歪着，毛巾被一半掉在地板上，估计她去医院陪他时走得急，没整理床铺。他问："你还住在这里？"

红儿说："不住这儿，住哪儿？住你的二十三层啊？你要我吗？"

"你呀，就是这张嘴厉害，难怪没男人跟你的。"

"哼——没劲，我还不愿意呢！你信不？我一个电话来一排男人。"

"我信，我们的红儿老板娘在黑山也是一等一的大美人，风韵犹存，缺什么也不缺'老脚猪'。"

"老脚猪"是黑山本地话，脚猪是种猪，这里是形容经常走夜路去找女人"打皮绊"的男人。

红儿听了只是笑，并不骂他。

他们正说着话，服务员端来饭菜，一个还拿来一瓶酒。阿文说："我不能喝的，打了头孢，万一喝死在你这儿，那又是黑山一大风流韵事啰！"

红儿看着他不回话，只是死死地盯着他。

此时，阿春在文家祖坟山上下了土，埋葬好了。阿春为了他，为了儿子，把老命都送了，而他还在人世间打情骂俏，嬉笑无常。

红儿心里想的不是阿春，她想到的是雪梅。雪梅为他跳崖，为他殉情，而他还活在世上。想到这些，她情不自禁流出了眼泪。阿文一看就问："怎么啦？我又说错话了？"

红儿摆摆头，说："不是，是我想到了另外一个事。"

"什么事？跟我说说。"

"喝酒，没什么好说的。"红儿说着给自己倒了一杯酒，用卫生纸擦了擦眼泪，然后一仰头一口喝尽了。

阿文吃着饭，看着红儿一口一口喝酒，心想一直单身着的红儿和雪梅，她们自从回到黑山后，没有人知道她们过去的事情，只知道她们是女老板、女强人。女强人就是这样子，独立，倔强，曾经沧海难为水。想着想着，他想到了一个问题，红儿喝醉了怎么办？女人一旦喝醉是很疯狂的。他想到去年曾经做过和红儿结婚的梦，难道自己和红儿会有这种情况吗？

还好红儿还是比较理智的，独自喝了三杯就不喝了。她喝酒是为了雪梅，也为自己。但她不能喝醉，她要照顾阿文，这是雪梅死前交给她的任务，姐妹一场，她只能这样做。

如果这个时候红儿的"月月红"包房里有音响，播放漫妮或者云菲菲唱的《梅花泪》，那氛围就不一样了。

红儿和雪梅的区别就在这里。

　　吃完饭，阿文独自回医院，不要红儿送。红儿感到失望，起身送阿文出门，然后靠着门边看着阿文走路的背影。阿文的双手左右甩得像部队士兵出操，干脆有力，走到走廊尽头也没回头看一眼。红儿很后悔在医院不该和阿文讲自己和老朱的事，阿文心里肯定更加厌恶自己了。然而，那段不堪回首的往事多年来一直像石盘压在心头，压得自己喘不过气来，说出来反而轻松多了，感觉自己以前似乎从来没有发生过那种事。

　　关上门，红儿终于忍受不住心中的悲凉，扑倒在床上大哭起来，双手揪着自己的头发使劲扯着……

二十

阿文刚回到医院病房，尚斌来了。尚斌一进来就大声说："住院了也不告诉我一声，真是不讲义气，是怕我送不起礼是吧？"

阿文拍拍床沿叫他坐，说："没什么大病，大惊小怪地干吗？"

"唉，都是老九的酒害的，这两天我一直在拉稀，一天跑无数趟厕所，屁股都拉痛了。她的酒肯定是假的，害死人。"

"老杨怎么样？"

他说起老九，阿文想到了杨美中。杨美中结婚前一直认为他和老九结婚是个坎，难过这一关。这几天没有他的消息，说明杨美中挺过来了，不会有什么事。

尚斌说："不知道，我这两天光跑厕所了，哪有精神去管他的好事？那老家伙还能怎样？乐呗，老牛吃嫩草！"

显然，尚斌不知道杨美中的苦恼。

他们说了一会儿闲话，尚斌看阿文有些疲惫就回去了。

第二天一大早红儿就来了。她可能是昨晚没睡好，略显疲惫，眼睛边下能看到眼袋。她只化了淡妆，进来也不说话，进卫生间给阿文洗昨天换下来的脏衣服。阿文本想叫她别洗，等阿芳来了再洗，一想她愿意做就让她做吧。不一会儿，伍本报、李奇和张包一起来了，病房里尽是说话的声音，几个人你一嘴我一嘴地胡乱说些闲话。阿文看见伍本报经常扭头去看卫生间的红儿，他说："看什么看，不认识啊？红儿，莞生的干妈。"

红儿洗完出来，擦着手冲着伍本报一笑，然后说："伍主任早啊！"

伍本报脸上的表情比较复杂，瞬间又恢复了正常。他感叹道："还是阿文有女人缘，以前有雪梅体贴，现在又有红儿照顾。阿文，你真是好命哩！"

"你要是住院，我来照顾，你敢吗？"红儿说。

"不敢，真的不敢，我没这种福气的，也没阿文的胆量。"伍本报说着扬起右手挥着，像领导检阅那样摆手。

过了一会儿，因为伍本报九点要去参加一个会议，张包和李奇也知趣地跟着一起走了。他们走后，阿文盯着红儿看。红儿说："看什么看？我和伍本报没有一腿。"

红儿知道阿文看她的意思。

阿文正想说些什么，护士推着小车进来给他打针了。刚打上，主治医生进来查房，他对阿文说："昨天的化验报告不错，各项指标基本正常，上午打完针可以出院了。当然啰，文先生还想住是欢迎的，巩固治疗也是好的。你是我们的贵宾，财神爷，呵呵。"

阿文听了很高兴，他说："谢谢你的治疗，这贵宾吧，我就不当啰！财神爷也有缺钱的时候，等我赚足了再来奉献。"

主治医生听了也笑。

在阿文打针的时候，红儿帮他去一楼大厅办出院手续，她一结账吓了一跳，好家伙，三天三万。

红儿还没回来，杨美中和老九他们来了。老九像是换了一个人，一脸春风，写满了满足和幸福。杨美中有些不妙，怎么看都是死人脸，灰灰的脸色，脸部僵硬，只有那双睿智的眼珠滴溜溜转动才显示是个活物。记得他说过江一冰死前的死人相，在阿文看来，杨美中现在就是那个样子，像是连续几天醉酒一样，死气沉沉，没有生机。阿文真替他担心。他想：杨美中难道没有看到自己的面相吗？他该怎样去化险为夷呢？

叽叽喳喳的尽是老九在说话，说她们"十姊妹"这个那个的。杨美中没说一句话，他看着阿文有些无奈。老九说的有一点阿文感兴趣，说老三"黄花花"要结婚了，找了一个做电器生意的老板，两个人好得不得了。

阿文记得老三是银行职员，丈夫死于车祸，和江一冰在酒桌上闹过一回，江一冰死后她还去了殡仪馆，是个好女人。阿文说："好事，她结婚时记得通知我去。"

老九说："你当然要去，老三说了也要请你主持婚礼呢。"

"主持是可以的，只有一条，别在大热天结婚，再也热不得了。"

老九听了捂着嘴巴笑，杨美中也赔着笑，还向阿文拱手致歉。阿文懂他的意思。他们走时，阿文想单独和杨美中说几句话，叫他想点办法避灾，可没机会，老九挽着他的胳膊走了。

他躺在床上想：是福不是祸，是祸躲不过，就看他的命数了。或许是杨美中装神弄鬼的说法呢，人不是那么容易死掉的。

这时，莞生和阿芳进来了。阿芳急急地问道："爸，您怎么样了？"

莞生说："干妈在结账，病治好了没有？没彻底治好就别急着出院，小心为好。"

阿文故意装着生气的样子，说："你们都不管我，我治什么治？"

阿芳挨着他说："这两天不是有急事嘛，我们……"

莞生怕阿芳说漏了嘴，忙接话说："我们决定春节结婚。"

阿文问道："是真的吗？你干妈没和我说呢。"

"我们也是刚和干妈说。"

"好好好，大喜事，老爸恭喜你们！待会儿我们一家人去喝一杯，庆祝庆祝。对了，阿芳，把你妈叫来，还有你大妈，还有你细娘。哦，她不在黑山。莞生，你一直没有她的消息吗？"

莞生看了一眼阿芳，他说："没有。"

"她就是个犟人，她要躲起来，谁也找不到。"

正说着，红儿结账回来了，阿文就和她说莞生和阿芳结婚的事。红儿说："知道了，看你高兴的劲儿，悠着点，别一高兴又把病搞复发了，又要让我们为你操心，再病了我是不陪你的。"

"对对对，不要你陪，我自己陪，呵呵！"

阿文是真高兴，高兴得语无伦次了。打完针，他们一起去了梅园国际大酒店，中午热热闹闹吃了饭。

吃饭的时候，夏莉没动桌上的菜，只吃了一碗素面。她大多时间闭目捻着手上的佛珠，嘴里念着什么经文，脸上没什么表情，看不出她的内心活动。月桂很高兴，喝了不少的酒，面色绯红，眼角有白眼屎，说话不打官腔，回到了家庭妇女的状态，婆婆妈妈地不停絮叨。阿芳帮她擦眼角，她把她的手一拨，说："臭丫头，你再敬你爸一杯，没你爸哪来的你？"

阿芳站起来敬阿文，阿文突然想起来了什么，掏出文昌李敬业给他的银行卡递给阿芳，说："这是老爸的一点儿心意，给你买嫁妆。"

阿芳不要，莞生说："老爸，我们有钱，您留着自己用。"

阿文说："我知道你是大老板，有钱，可这是老爸给女儿的私房钱，老爸的心意，与你无关。"

月桂说道："阿芳，你收下吧，要不然你爸要生气的。"

月桂说时，夏莉睁开眼睛看了她一眼，接着又闭上眼睛，捻她的佛珠。阿芳看了莞生一眼，就收下了，说："谢谢老爸。"

吃完饭，月桂说有事就走了，夏莉也回去了，红儿送阿文上楼休息。在电梯里，她问阿文："你当老爸的给了女儿多少钱啊？"

阿文说："五十万，可以吧？"

"五十万？你哪来的这么多钱？"

"在海南打工挣的，你不信？"

"不错啊，那我做干妈的该给多少呢？"

"你是干的，干的意思下就行了，莞生不靠你的钱结婚。"

"我是干的？"红儿朝阿文翻了个白眼，又说，"我不是他亲妈，可我是正儿八经的二妈，比你亲近。我得给双份，雪梅一份，我一份。"

阿文说："雪梅的早给了，月桂把梅园酒店拍卖的钱都给了莞生，那就是雪梅给儿子结婚的钱。"

红儿一想说："那也是的，我就给我自己的一份。"

阿文觉得红儿很讲情义，趁着酒劲儿拍了拍红儿的后背，他想接着搂着红儿，但觉得不好，就把手收了回来。

阿文拍她后背时，她心里一颤，立刻激动起来，像有只小兔子在心里乱撞，那颗心就要撞出来似的。这是阿文第一次对她做亲昵的动作，以前别说动作，就是好听的话儿都没有。她希望阿文能继续，可阿文没有这样做，她感到有些失望，但还是对着他笑，痴情地笑，渴望地笑。

走到房间门口，阿文没让她进去，叫她回去休息，红儿知道无戏，只好无可奈何地走了。

下午，阿文被手机铃声吵醒了，他接电话一听，是月桂打来的。他以为月桂是查岗，怕自己和红儿亲热。月桂在电话里支支吾吾，她说："有个事跟你说下，想了好久，还是觉得得和你说下。可是……可是不知道怎么说。"

阿文不知道她要说什么事，他说："说吧，什么事？"

月桂说："是这样子的。我们局一个刚退下来的副局长，他，他对我很好，想跟我成家。他老婆十年前就死了。我一直没答应。我想征求你的意见，我听你的。"

阿文一听，心里一惊，继而想到月桂自从自己从海口回来就不是以前那个样子了，想必他们早就有了关系，只是她一直在等待自己的决定，可能是自己一直没表态，她才这样做。

阿文说："你自己的事你自己定。我的情况你是知道的，夏莉在。没有必要为了我耽搁你的幸福。我祝福你，希望你幸福。"

阿文说完就挂了手机，觉得没有必要再说些废话了。月桂是个有主见又独立的女性，她想怎么干，别人无法阻止，这一点从接手雪梅的梅园酒店就展现出来了。

阿文听了这事后心里很复杂，五味俱全，酸溜溜的不知道是什么滋味。有一点很清楚，从此月桂不再是自己的女人了，和自己再也没有情爱瓜葛，她是别的男人的女人了。

阿文下床来，抽着烟站在窗前看暮色渐渐笼罩的黑山。

他正在那里沉思，阿芳和莞生送饭来了。吃饭的时候，阿芳看他的脸色不好，关切地问道："老爸，是不是病还没好？脸色蜡黄的。"

阿文问他们："你妈要再嫁人了，你们知道吗？"

阿芳睁大眼睛说："什么，再嫁？再嫁给谁？我真不知道，这么大的年纪还嫁什么嫁？真是的！"

从阿芳的口气中可以听出她不同意老妈再嫁，要嫁就得嫁给老爸，嫁给别人算是什么意思？莞生更不知道这件事，不知道该怎么说。他知道阿文和月桂的关系，他想阿文很可能心里不好受，但他不知怎么去劝说，就盯着阿文的脸看。

　　阿文抿了一口酒，他说："你妈刚跟我打电话说的，说是她单位一个刚退下来的副局长，那人对你妈很好。我同意了。阿芳，你不要干涉你妈的事，这也是她最好的归宿，我和你妈没有结果的。"

　　莞生说："对，老爸说得对，这样僵着对谁都不好。只是老爸您……"

　　阿文知道莞生担心的事，他把一杯酒往嘴里一倒，说："我没事的，我有你们两个人，我没事。"

　　阿文嘴上说得轻松，心里却涌出悲凉，眼泪就出来了。莞生和阿芳见了又紧张起来，阿芳喊："老爸！"

　　阿文擦了眼泪，他笑着说："呵呵，刚才一口酒没喝好，呛着了。老啰，没用啰！"

　　阿芳靠在阿文的肩上，说："老爸不老，永远不老。"

　　"行啦，你们去忙吧，我吃完就出去转转。不要为我担心，我真的没事。"

　　他们走后，阿文又喝了一杯酒，看见天色已黑，不喝了，下楼来到酒店后院那株梅花前。此时的梅花一树的青叶，大概是天气太热，树叶都有点蔫蔫的没有精神。记得年前去海口的时候，梅花开得盛艳，煞是好看，现在只有叶没有花，没了梅花的精神和韵味。他坐在花坛边沿，想起文化馆黄馆长唱的《梅花泪》，就打开手机在百度搜索了云菲菲唱的《梅花泪》放着听，听着听着就听出眼泪来。

在阿文坐在梅花树下一遍又一遍听《梅花泪》的时候，月桂和那位刚退下来的副局长正在月桂家里甜蜜。

中午，夏莉吃完莞生和阿芳宣布结婚的喜酒之后，给阿文留了一封书信，然后背着简单的包袱去了鸡公山云飞寺，入寺做了尼姑，彻底皈依了佛门。

夏莉在给阿文的书信中最重要的一条是同意解除婚姻关系。如果夏莉早些将信交给阿文，阿文很有可能不同意月桂和那位刚退下来的副局长结婚。世上的事就是这般曲折离奇，不以人的意志为转移。

三天后，是阿春过世的头七。上午，莞生和阿芳一起去了文家大屋，去文家祖坟山拜祭阿春。他们去时没惊动二叔公，径直去了阿春的坟头。他们也没有告诉阿文，他们一致决定不把阿春的死告诉他，能瞒一天算一天，免得再生枝节。月桂再嫁，夏莉入庙，如果再加上阿春的死，他可能会受不了。

这天，夏莉在庙里为阿春念经超度，然后给红儿打了电话，叫她去家里拿她给阿文的信，说门钥匙在门顶上，以后由她保管。

红儿听到她入了庙，劝她不要这样做，可夏莉只念阿弥陀佛，不说别的。红儿知道劝也无益了。接完电话，红儿去夏莉的家取了信就到酒店将信交给了阿文。阿文一看傻了眼，脸色苍白，瘫在沙发上半天不说话，浑身发抖，像打摆子似的。红儿见状一把抱住他，自己却流起泪来，嘴里喊道："文哥，文哥！"

阿文半天才缓过劲来，仰在沙发上大哭，如丧考妣。也不知他是在哭夏莉，哭月桂，还是哭自己。

在阿文得到夏莉同意解除婚姻关系的信时，月桂和那位刚退下来的副局长去婚姻登记处领了结婚证，并且小范围地请了客，公布了两个人结婚的消息。但是，月桂没请阿文，连女儿阿芳和准女婿莞生都没有请。这个举动令人费解，不知道月桂是怎么想的。也许她是为了新老公，尽量回避和这边说不清楚的关系，包括阿文和阿芳。

二十一

　　过了两天，天气凉了一些，阿文的心情也平静了许多。他不知道想到了什么，一个人去了老屋。

　　走进老屋，他看见天井边有个二十来岁的姑娘坐在大木盆前洗衣服，那姑娘警惕地扭头看着阿文。阿文并不认识她。她问阿文："你找谁？"

　　阿文说："这里的房主阿春呢？"

　　"阿春？这里没有叫阿春的人。"

　　"没有阿春？怎么会呢？她还有个九岁大的女儿叫招弟的，去年我来过的，怎么会没有呢？你是什么人？"

　　"我是这里的房客，我们家在这里住了好多年，我真的没听说过有一个叫阿春的人。"

　　阿文说："见了鬼了，我去年还来过的，怎么会没有呢？去年这里还住了三户人家。"

　　"没有其他住户，就我们一家。"姑娘说。

　　他们正说着，一个和阿文年纪差不多的大娘从房间里出来了，大娘问洗衣服的姑娘："桂枝，干什么呢？"

叫桂枝的姑娘对老人说："娘，你说这个人巧不？说来找大屋一个叫阿春的房主，你晓得不？"

大娘听了就死死地盯着阿文看，她问："你是什么人？"

阿文说："大娘，我姓文，我是阿春的哥，这是我文家的老屋。"

大娘忙说："桂枝，快端椅子给先生坐，快去倒茶，房主回来了。"

桂枝一听，忙起身擦手让椅子给阿文，进屋倒了一杯茶水递给阿文，然后站在一旁看着阿文。

大娘说："文老板，我们是二十年前进来租住的，是一个叫阿春的姑娘租给我们的，可第二年阿春姑娘就走了，一直没有回来，也没留下任何联系地址。这么多年我们的房租也不知交给哪个，我们又不能把空房租给别人住。你来了正好了，交了房租我们也住得踏实。"

阿文知道大娘理解错了，自己不是来收房租的，是来找阿春的。他问道："阿春二十年前就走了？"

"是啊，当时挺着大肚子走的，说是去娘家生小孩，说生了就回来，可一去二十年也没回，也不知是个什么情况。我当年是生了桂枝进来租住的，桂枝今年正好二十岁，她从来没见过阿春姑娘，不信你问她。文老板来了就好了，你看我们是把房租给你，还是寄给阿春姑娘？"

阿文被大娘说得云里雾里，像是在梦中。他自己掐自己的手腕，生痛，不是碰到了鬼啊。这是怎么回事呢？他不再和大娘说话，而是去尾重看。路过第二重，两边的房都是空的，没有人住过的迹象。过去老阿婆住的、后来阿春住的屋门锁着，门上结了蜘蛛网。他从旁边的窗户格子往里看，老式眠床挂了蚊帐，蚊帐已发黄发黑，是多年没人住的情况。他又去堂前看神龛，神龛上几个祖宗牌位更是蜘蛛网布满，灰尘几多厚，多年没人打扫了。

他站在神龛前合掌向祖宗拜了几拜，然后转身看着三重大屋，一脑子的疑惑，怎么也想不出这是怎么回事。他想找个人来证实一下，可找谁呢？只有雪梅陪自己来过，可雪梅死了。月桂从来没来过大屋，红儿更不知道文家老屋。他想起了夏莉，夏莉晓得老屋，她曾在这里住过。他忙拨通夏莉的电话，可电话停机。他又打电话给红儿，叫红儿去找夏莉来。

红儿在电话里说："你跑到老屋去干吗？老屋在哪里？夏莉出家了，你知道的。再说找她有屁用，她不管人间凡事了。"

阿文不再说了，只叫红儿来老屋。

在等红儿的时候，他又和大娘说着话，想问出一些名堂来。可大娘还是那几句话，坚持说阿春在二十年前就走了，再也没回来过。

过了一会儿，红儿急匆匆地来了，还带来了莞生和阿芳。

阿文跟他们说了阿春二十年前就失踪的事，他们装着听不懂，还故意问大娘怎么回事，大娘又把和阿文说的事重复了一遍。红儿与莞生和阿芳一对眼色，红儿对阿文说："二十年前都不在了，那肯定不在人世了，你找她还有何益？"

阿文说："说鬼话！去年她还在这里住的，我来过，我还住了一晚上，她怀了我的孩子的。莞生，你说，是你过年的时候跟我说的吧？还说看过她在医院的化验结果。"

红儿焦急地看着莞生，莞生说："电话是打过，那是逗您玩的，逗您开心，没那么回事。"

"兔崽子，你们都在骗我！去年我来过，阿春就住在老屋，这不会错的！"

红儿说："文哥，你肯定是病糊涂了。大娘都说了，阿春二十年前就走了，怎么可能呢？"说着就伸手去摸阿文的前额。阿文一下子拨开她的手，说："什么病糊涂了？扯淡！我没糊涂！"

阿芳忙说："老爸，走吧，我们回去，不管阿春细妈是二十年前走的，还是去年走的，反正不在了，没有必要再找了。"

阿文看着阿芳，好像不认识她似的横了她一眼，有些生气。莞生就过来挽住他的手臂，说："老爸，走，我们回家。"

阿文只好随他们走出老屋。临到大门口，他还回头看了一眼老屋。

他们离开大屋时，莞生回头对大娘伸出大拇指，意思是她做得好。当然，老屋那些没人住的样子，什么发黄发黑的蚊帐，神龛上的蜘蛛网，等等，做假太容易了，要不然那些怀旧的电影是怎么拍的呢？只是阿文一时稀里糊涂地没有细看。

回到宾馆，红儿不敢离开，坐在沙发上看着他。

阿文不说话，抽着闷烟，想文家老屋的事。他感觉这里面肯定有问题，自己去年的确是在老屋住了一晚上，他还记得阿春穿着红色羽绒服，和余未一样的。自己还和阿春喝了酒，一起睡的。第二天接到尚斌的电话，说江一冰跳河死了，自己出门前还喝了阿春煮的糖水蛋，这怎么会是假的呢？但是，按老屋大娘的说法，老阿婆的房间和神龛上的情况，又说明那里早就没人住了，说明阿春二十年前就走了。这到底哪个是真的呢？难道自己真的是碰到鬼了？真是病糊涂了？

阿文抬头看红儿，看得红儿慌忙低下头。过了一会儿，红儿看他还在看自己，眼睛一挑，说："干吗？看我干吗？是不是又在想坏心思？"

"我是在想，是在想老屋到底是怎么回事。我都病糊涂了还想什么心思？我真的病糊涂了吗？"

红儿说："我看你就是病糊涂了，或者是写糊涂了，总之就是糊涂了。"

"写糊涂了？这段时间我没写小说啊，怎么跟写小说扯上了呢？"

"你就是写糊涂了，分不清虚拟和现实了，把小说里的情节当成了现实。你得好好休息一段时间，不然的话……"

"不然的话怎样？"阿文问。

"不然的话就成神经病了！"

"神经病？那怎么办？"

"怎么办？我看你最好出去旅游一下，放松一下，现在天气还热，正好去哪个避暑胜地去避避暑，养养神。"

"嗯，这是好主意。去鸡公山怎么样？"

红儿一听又慌了，夏莉在鸡公山出家呢，万一两个人碰上，死灰复燃，那又有好戏看了。她说："鸡公山你又不是没去过，换个新地方呗，现饭炒三遍——狗都不闻。"

阿文嗯了一声，没做正式答复。

红儿又坐了一会儿，看到阿文没什么情况，也没有想和自己亲热的意思和动作，就起身回去了。

红儿走后，阿文想：难道自己真的是写糊涂了？难道老屋的情况是自己小说中虚构的情节？和阿春同房，以及阿春怀孕都是自己梦中的情节？

有一点他想得很明白了，从此自己身边再也没有有关系的女人了。雪梅死了，阿春失踪，月桂嫁人，夏莉入庙，曾经要死要活的春夏秋冬四个女人都不是自己的人了，独留年过半百的自己还在世上行走。想到这儿，突然想起昨日看了一本杂志，书中载有今人写的新诗《四季歌》，很有意思：

　　春色到人家，满地莺花，马蹄芳草夕阳斜。杜宇一声春去了，减却芳华。叹人生，少年春色老难赊。

　　夏日火烧红，绿树荫浓，汨罗江上鼓咚咚。招魂屈子归来未？剩有骚风。叹人生，莫辞长夏醉荷桐。

　　秋月不寻常，桂子飘香，天风吹下舞芬芳。想见广寒仙子咏，舞罢霓裳。叹人生，团团秋月晦无光。

残冬冻不开，一段香来，暮年光景瘦如梅。头
上戴霜霜戴雪，白发皑皑。叹人生，断送残冬酒一杯。

阿文觉得这诗词写的就是他的四个女人，春去了，归来未，
舞芬芳，霜戴雪。曾经拥有，又——离去，像花，像火，像桂香，
最后残冬酒一杯。自己如此，世人何尝不是如此呢？他对"暮
年光景瘦如梅，头上戴霜霜戴雪"两句尤为感慨，反复吟诵。

这时，伍本报打来电话，要他下楼去吃饭，商量"捉月亭"
落成和野炊的事，他只好放下书本下楼去。

他走进四楼包房一看，伍本报邀来的人是上次吃饭的原班
人马，余未、尚斌、黄团长、顾红梅，只差杨美中。黄团长和
顾红梅今日更加漂亮，都穿着薄薄的连衣裙，白嫩嫩的皮肤，
如果没有一定的定力，目光是很难移开的。

阿文坐下后就给杨美中打电话，他一直担心杨美中过不了
那个坎。杨美中关机，老九的电话打通了。老九在手机里说老
杨去了九华山什么庙，说是住庙拜师半个月，去了几天了。还
说他以前出道拜的就是九华山的高僧师父。阿文知道九华山是
地藏王菩萨的道场，地藏王菩萨专管人间死活。老九不知道杨
美中的事情，住庙拜师是托词，避灾是真。不过这样也好，能
躲过那坎就阿弥陀佛了。看来这就是杨美中的避灾之法。他进
一步想到，当初要是指点一下江一冰避灾，是不是也叫他去九
华山呢？或许是，或许不是，一个和尚一个法，可能还有别的
办法，只是杨美中牢记行业古训，不愿降灾于自己罢了。

黄团长坐在阿文左边，顾红梅坐在右边，阿文觉得自己仿佛坐在香气袭人的花丛中。黄团长媚眼一挑，对阿文说："文老师，今天再给你唱一遍《梅花泪》？"

阿文说："好啊，那歌还真是百听不厌，就像黄团长百看不厌一样。哦，对了，我还不知黄团长的芳名呢，可否告知？"

"什么芳名，俗名！我叫黄莺。"

"黄莺？好一只会唱歌的黄莺鸟！黄团长果然是天生唱歌的角色。"

阿文正准备和顾红梅调侃几句，免得冷落了她，念几首在沈力庄园作的打油诗给她听，伍本报发话了："我说我的大作家少跟美女打情骂俏好不好？今天有事要商量呢。"

阿文对两边的美女说："看看，我们的伍领导吃醋了。好，我们听伍领导做指示。"

伍本报说："前几天我去看了'捉月亭'，基本上搞好了。当时我表了态，不能说话不算数，那个活动还得搞。刚才小黄有个想法，她想找几个民间歌手那天在亭子里山歌对唱，她们团拿点钱出来搞奖励，阿文你看怎么样？"

"山歌对唱？嗯，好主意。不过我想黄团长不要找你们培训过的歌手了，找几个原生态的，原汁原味的好。培训了的装模作样，少了一丝味道，伍领导你说呢？"

"这个可以，人不要多，三五个即可，否则冲淡了我们的主题，小黄就负责找几个。"

阿文插话说："叫尚斌和黄莺一起去广场啊什么地方找，

怎么样？"

尚斌一听高兴极了，站起来说："好的，我和黄团长去选，保证让你们满意。"

阿文知道尚斌喜欢这一出，说不定俩人又有故事发生。他之所以提议叫尚斌参与，主要是看尚斌今天没带女人来，猜测他可能和老六拜拜了，老六毕竟素质低了些，难以久处。

伍本报知道阿文的鬼想法，笑笑同意了。

他们说话还是冷落了顾红梅，活动没安排她，顾红梅自告奋勇说："那天我跳孔雀舞，为你们文人墨客助兴，好不好？"

阿文知道文艺中人有表现欲，看着她说："我没意见，但要伍领导拍板，他是总导演，他说了算。"

伍本报不知道为什么先看了一眼身边的余未，然后对顾红梅说："你做准备吧，到时候看情况再定。"

阿文感觉伍本报那一眼有意思，他说："到时候我们的余大美女主编也要表演一个节目，不然罚酒。"

余未脸就红了，她说："我，我没节目，我带个记者去报道你们的盛会好不好？"

伍本报不同意，他说："报什么报？民间活动，不要大张旗鼓，注意影响。"

"你就写篇散文嘛，就像那篇《鸡公山抒怀》一样，在《黑山客》杂志发表的。"阿文说。

"阿文老师看过那篇文章？你要多指点哦。"

"那篇散文写得蛮好的，我在海口看了三遍，果然是美女主编，出手不凡，勾得人看后睡不着，浮想联翩，夜不能寐啊！"

余未听了很舒服，马上站起来端杯要敬阿文的酒。阿文忙说："待会儿待会儿，伍领导还没开席呢，你不能喧宾夺主，要不然我们领导有意见的。"

伍本报见此就说："商议的事就这样，来，大家一起喝一杯，预祝七月半的活动圆满成功！"

接下来大家就开始闹酒，笑声一片。

吃完饭阿文径直回房休息，他好像失去了往日的激情，既没有和黄莺暗示什么，也没和顾红梅说暧昧的话，完全不是以前那个风流倜傥的情场高手了。

他躺在床上想起红儿饭前说的话，但有两个问题：一是去哪儿避暑？二是带谁去？

去九华山？看看杨美中怎么祈祷避灾？这是一个有意思的事情，就去九华山！带谁去呢？现在除了莞生和阿芳就剩下红儿了，红儿肯定愿意去，只是感觉和她似乎没有什么意思，和她在一起总让人想起死去的雪梅。这是自己难以逾越的一道坎儿，就像杨美中一样。

他想好了，就去九华山，一个人去。于是，他和莞生打电话，莞生和阿芳马上上来了，他们同意他出去散散心，但是一定要干妈红儿陪着去，不然不放心。

阿文问阿芳："你也是这个意思？"

阿芳说："嗯，没人陪不能去。"

阿文想了一下，不想让他们为自己多担心，就说："那就这样子吧，你跟你干妈说，我们明早就出发，一个星期回来。"

莞生和阿芳走后他就睡了。

在阿文和红儿去九华山避暑并寻找庙中祈祷避灾的杨美中的时候，《黑山客》杂志的主编牛八多出了事。

牛八多酒后把一个经营男女时令服装的女老板强奸后仓皇逃匿。女老板酒醒寻他无果，本来是想吓唬吓唬他，敲他一些钱财，没想到牛八多心虚跑了，气愤不过便去公安局报了案。公安动作迅速，通过各个出口监控和大数据采集系统找到了牛八多的行踪，把刚逃到海口的牛八多抓回刑拘了。抓他的时候，牛八多正牛哄哄地和黑山籍的王老板在海边酒店里喝酒。他酒喝多了，对抓他的黑山便衣警察说："兄弟，来一杯。"

九华山的庙真多，从山脚到山顶，从前山到后山，沿路都是庙宇，宣传资料显示这几大景区共有九十九座寺庙，差一座就满百了。阿文来后后悔了。他对红儿说："果然名山僧占尽，这么多庙，个个庙里都是佛和菩萨，到底谁管生死啊？"

红儿挽着他的胳膊说："世上人多，地藏王菩萨一个人怎么管得过来呢？"

阿文扭头看了看走路走得脸通红的红儿，觉得她说的有理。更吃惊的是，没想到她能说出这么经典的话来。他们没有逢庙必进、进庙必拜，而是选择性地拜了三座寺庙的菩萨和大和尚，即肉身宝殿的第一佛尊金乔觉地藏菩萨、老爷顶上的百岁宫无瑕禅师和后山双溪寺地藏王第三次转世的大兴和尚。

阿文在九华山没有找到杨美中，不知道他在哪个庙里祈祷避灾。他想想这也难找，杨美中祈祷避灾不可能在人流如织的大庙里求师避灾。他估计很有可能是在偏远的哪一座庙里，是游客很少光顾的那种小庙。在小庙后面的树林里，坐在一块平展的大石头上，与大师盘坐相对，大师喃喃有词，杨美中闭目倾听。

张包打来电话告诉阿文牛八多被抓了。那天晚上八点多，阿文在旅馆里刚刚洗完了澡，红儿在床上等他。张包在电话里幸灾乐祸地说："怎么样？我说的吧，那家伙迟早要出事。真是不是不报，时候没到，时候一到，一定要报。"

阿文盘着腿坐在床上说："从你讲的情况来看，那个卖衣服的女人也不是个好鸟，如果牛八多给钱，或者给她免费在《黑山客》登篇文章、发个大头照，那女的就不会告了，是吧？"

"这有可能，他们是'老皮绊'。但是，你要知道，和妇女通奸一百次，妇女有一次不愿意就可告强奸罪，违背了妇女意愿就是强奸，活该他倒霉。"

"那他可能会判刑吗？"

"这要看案情的发展，没有特殊情况，几年刑是跑不了的。"

"你是说案情有可能翻过来？免除刑罚？"阿文知道张包熟稔法律。

"这是有可能的。呵呵，就看那小子怎么操作了。"

"你能帮就帮帮吧，不管怎么说他也是个文化人，一时鬼迷心窍也属正常的。当然，前提是不能违反法律。"

张包说："你呀，就是菩萨心肠。看吧，他要是找我我就想办法，不找那我等着看好戏呢。"

阿文和红儿从九华山回来，牛八多无罪释放。原来牛八多也第一时间找到了张包，委托张包当他的辩护人，答应事成之后给张包高额的律师费。于是张包四处收集证据，救了牛八多一回。

阿文猜测张包从牛八多身上狠狠捞了一笔，把以前欠他的律师费连本带利都捞回来了。

那天晚上在九华山脚下旅馆里，阿文是想要和红儿亲热的，接了张包的电话后，也不知想到了什么，就一点兴趣都没有了。他们两个人在九华山玩了七天，虽说每晚同处一个房间，但从来没发生过什么。红儿尽管想了一些办法，但次次失望。不过她还是高兴的，毕竟阿文带她出来玩，同在一个房间睡觉，这就是好形势。

二十二

转眼之间七月半就到了，他们如期在"捉月亭"庆贺落成和举办七月半诗会。

"捉月亭"古香古色，如果不是还有些油漆味，亭柱对联字迹鲜艳，还真像是百年前的古亭。亭前做了一片草坪，尚斌铺了块大塑料布，把一堆从超市买来的食品散放在布上，还有几箱啤酒。

原先计划的人马陆陆续续都来了。尚斌和黄莺找的四个唱山歌的男女，差不多都是不惑之年。他们穿着演出服，女的一身绿，男的一身白，脸上都化了妆，腮帮涂了红彩。天气还有点炎热，那两个男的脸上尽是汗，估计过不了一会儿脸上的油彩就会被汗水冲洗掉了。阿文感觉其中有个女的面熟，想了半天，原来是为江一冰唱丧歌的那位。

杨美中来了，老九笑眯眯地挽着他的胳膊，跟在他们身后的是"十姊妹"其中的四位：老大"白菜心"，老三"黄花花"，老六"黑葡萄"，老八"橘子"。个个花枝招展，精心打扮了的。老六来后就和张包在一边亲热地说笑，笑声连连，估计是她的离婚案完美收官。不过她没和忙碌的尚斌打招呼，看样子她和尚斌肯定没关系了。

杨美中变了，整个人红光满面，精神抖擞，这次头发和胡须全白了。或许他以前头发就是白的，只是染了，没有蓄须。四指长的一绺山羊胡，须头微微上翘，很有点仙风道骨的样子。如果他穿上道袍，戴上道士帽，还真是一副道人的形象。他手里还是拿着黑折扇，一边走一边摇，走到阿文面前收扇抱扇作揖，说道："文先生，多日不见，一向可好？"

阿文说："你个老家伙，我去九华山找你，你躲到哪个旮旯去了？害得我在九华山翻山越岭到处找不到你，你要赔我路费的。"

杨美中说："罪过罪过，我没去九华山，去了石马山传灯寺修行，你南辕北辙哪能找到我呢？呵呵！"

"传灯寺？老九不是说你去了九华山？怎么去了传灯寺呢？"

"原先是想去九华山的，可我的师父告诉我，求远不如求近，求师不如求心，是庙就有佛，是佛就能度，于是乎便去了传灯寺。"

阿文伸手去揪老九的脸蛋，老九躲到杨美中的背后，探出脑袋来说："你不能怪我的，老杨出门说是去九华山，哪个晓得老家伙扯谎，竟然就在眼皮底下做神做鬼。"

石马山是鸡公山的余脉。传灯寺阿文去过，离黑山不过几十里远，他写过传灯寺的传说，和传灯寺住持熟悉，住持古莲法师的古体诗，特别是词填得甚好，很有古风和禅意。阿文问："传灯寺住持还是古莲法师？可好？"

杨美中说："好着呢，法师等下也要来。"

"真的？多年没见，还真想她呢。"

古莲法师是个女的，不到五十岁，从小出家，读过佛学院，精通佛理，功力深厚。

红儿站在阿文身边，许多人她都不认识，晃动着脑袋四处看。

正说着，古莲法师来了。她穿了一身鲜亮的大黄色袈裟，头戴佛帽，脚蹬芒鞋，径直向阿文走来，单手在胸前举着，隔几步远便向阿文说着："阿弥陀佛，施主一向平安？"

阿文也学法师的动作回礼，连忙答道："甚好甚好。法师近来可有新作让我一睹为快？"

"见笑见笑，还请大师指教一二。"

"法师谦虚。"

说完，阿文就把古莲法师引着与其他人相见，大部分人都认识她，一一寒暄，都向法师问好。

在诗会开始之前，尚斌在亭旁的那块石头前烧火纸，祭奠死去的江一冰。石头上刻上了秦岭写江一冰的那首词，阴刻，涂了红油漆，很醒目。阿文站在一边看，红儿就走过去，蹲着也往火堆里丢火纸，她是祭奠雪梅。古莲法师站在人后合掌念着什么。

七月半是给逝世者烧纸寄包袱的日子，俗称鬼节。

这时，长水走过来，他对阿文说："尚斌主任急了点，纸该下午三点后烧，此时烧阴间收不到，那里的天还没亮呢。"

"有这种说法？"阿文问。

"阴阳两背，不信你问古莲法师。"

古莲法师回头说："心诚则灵，不必拘泥。"

纸快烧完时，尚斌点燃了一挂鞭炮，丢在一边"噼里啪啦"响了一阵子。

伍本报站在亭前看见古莲法师来了，又见尚斌烧纸放炮，脸色有点难看，板着面孔，双眉紧蹙。看着这场面，他心里不踏实，有几分惶惶然。按照他原先的安排，七月半诗会只是他们几个人的小小聚会，喝点小酒、念念诗而已，没想到一下子来了这么多人。他数了一下，竟超过了二十人，而且一干人等全齐了。这不是他想要的局面。虽说自己在官场半退半隐，可毕竟还有职务，如果诗会出现什么岔子，自己是要负政治责任的。当然，其他人不是自己叫来的，古莲法师是杨美中请来的，四姊妹又是老九带来的。想到这些，他想也只能尽量控制局面，缩短聚会时间。

鞭炮烟雾散尽，阿文站在亭子台阶上宣布："'捉月亭'落成暨七月半诗会开始！有请黄莺和顾红梅两个人主持活动。"

本来这次活动是由伍本报宣布的，他临时改变了，叫阿文去宣布，自己尽量少露面，淡出视野，以防不测。而且，他还叮嘱阿文，诗会不要突出什么主题，热闹一下就行了，不要将黄莺和顾红梅的职务挂上，只以文朋诗友的身份来主持活动。开始阿文不理解伍本报的心思，坚持要他主持，说领导不主持诗会就少了含金量。伍本报一时又不好细说，便说硬要他主持他就马上离开。阿文看伍本报这个态度，仔细一想，想到了伍本报所考虑的问题，觉得还是伍本报有政治头脑，是个当官的料，就同意了伍本报的意见。他本来想在主持之前说些感谢的话的。比如说，"捉月亭"的建成离不开什么什么，"捉月亭"景点的建成反映了什么什么，诗会是为了什么什么，可这会儿他听到伍本报的话就一概不说了。

两位美女闪亮登场，她俩今日打扮得格外漂亮，像是主持正规的大型演出。她们上亭，原先亭中躲太阳的人都退出来，拣了空地站了。因在河边旷野之中，欢迎两位主持的掌声稀稀落落的，不那么响亮。

在两位美女口吐莲花说着什么的时候，阿文问身边的张包："牛八多的案子搞定了？"

"那不是小菜一碟？只是他不可能再嚣张了。"

"出了大血？"阿文问。

"你想啰，没有钱做得成事？消得了灾？他'宝马'是开不成了。有句话是怎么说的啊？一觉醒来回到解放前，是这个意思吧，呵呵。"

听得出，张包终于出了口恶气。

阿文没看见李奇，就在人群中找，原来李奇坐在竹林那边端着画夹写生。他身后站着老八"橘子"。只见老八为他撑伞遮阴，另一只手还摇着扇子。阿文记得与"十姊妹"第一次见面，李奇是喜欢老七"猴子"的，怎么就和老八搞上了呢？老八今天穿得比较少，很性感。阿文想，或许李奇比较了解两个人，可能老八更适合做模特。阿文记不得老七的模样了，只记得老七"猴子"很有心机，或许就是这份精明让李奇弃而另择之。这也是情理之中的事儿，女人太精会失去许多。

赵工赵守轩站在人群后闭着眼睛摇头晃脑，可能在咏着诗句，打腹稿，怕点到名上台一时拿不出诗作来。

杨美中拿着啤酒瓶在人群中穿梭，一会儿跟这个碰瓶，一会儿跟那个仰头对吹，很是快乐。老九跟在杨美中的屁股后头寸步不离，手里也提着啤酒瓶。看到杨美中如此情景，阿文不再为他担心了。

刚才杨美中和他说话时，悄悄塞给他一张用黄草纸写的小字条，字条上写的就是那四句偈语：天际偶现一线红，霞光灿烂不相同。世间尽是俗人眼，孤雁鸣叫过长空。

阿文正想着这四句偈语。这时，顾红梅在亭中喊："哪位诗人第一个上来献诗？"

尚斌高喊："阿文先来！"

阿文摆摆手说："我还没想好呢。赵守轩赵工先上，我看他半天了，他肯定胸有成竹。"

赵工说："你不第一谁敢上？"

顾红梅就说："掌声有请作家阿文先生！"

阿文说："你们要老朽献丑是吧？那好，我先来一首，抛砖引玉。"

他站在亭前台阶上稍微稳了稳神，然后大声念道：

七律·咏亭

一竹探向古亭东，衰草凝烟伫望中。

高韵从来含苦涩，寒冰有待化春风。

江郎已去诗心远，王冕难为画笔工。

留得芬芳和雪色，素笺遥寄诉情衷。

阿文念完，一片叫好声。赵工在下面听得认真仔细，他感觉这首诗有点耳熟，以前好像读过，一时想不起来，便在手机上搜索，果然有，是个不知名的诗人写的，只是阿文改了两个字，"一枝"改为"一竹"，"何郎"变成"江郎"。想想阿文真是聪明，改得好，这亭和今日的诗会都是为了江一冰，"江郎"实指，可见阿文对江一冰的一片真情。

在阿文念完诗之后，老大"白菜心"上去唱了一首歌，是流行歌曲。赵工历来对流行歌曲不感冒，没听，他还在琢磨阿文的诗。这时顾红梅点他的名，他稀里糊涂被人推上去了。他本想先说下对阿文诗的感受，又感到不妥，说不定阿文是故意为之呢？或许写那诗的是他的朋友呢？诗会读别人的诗作是可以的。他站在那儿半天没开口，尚斌就催他："赵工，快点啊！"

赵守轩这才回过神来，他说："我刚韵了四句，还不成熟，让大家见笑了。"他念道：

咏捉月亭

最恋谪仙斗酒才，乾坤有酒诗襟开。

薮权笑贵骂黄犬，捉月亭旁万古哀。

赵工念完，因他的四句用典甚多，一些人一时难以明白，掌声不太激烈，比阿文的少了许多。阿文听懂了，他高喊一声："好！"

接下来是请来的山歌手第一组男女对唱，他们唱的是黄梅调《秦雪梅吊孝》。

《秦雪梅吊孝》唱的是古代一个凄美的爱情故事。一个叫商林的青年和秦雪梅二人青梅竹马，两小无猜，指腹为婚。后来，商家家道衰败，商林只好来到岳丈家攻读诗书，以求功名，不料因相思身染沉疴，被岳丈、当朝宰相秦国正一脚踢出门外。商林病势日沉，父母无奈，只好令使女爱玉扮作雪梅模样夜入公子房间安慰公子，但此举亦未能挽留公子性命。商林死后，雪梅不顾其父强烈阻挠，坚持来到商府吊孝。又一再拒嫁，情愿守寡，并留在商家侍奉二老，抚养商林与爱玉的遗腹子商格。雪梅含辛茹苦将商格抚养成人，大考之年，商格中了头名状元并被招为驸马。皇上念其二母为忠孝烈女，钦封雪梅为正夫人，爱玉为诰命二夫人，双双赐立贞节牌坊，褒扬天下。

他们一讲唱这个，阿文一愣。黄梅调在黑山虽有传播，但不是很普遍，没有采茶调那么家喻户晓。他感到有味，特别是对秦雪梅吊孝，怎么吊孝感兴趣。于是他认真听了起来。

《秦雪梅吊孝》是首长歌，他们两个拣关键地唱，也自然相接，不那么突兀。他们张嘴直接去唱商林病后秦雪梅劝情郎：

后悔来到书房门，惹得公子动春心，我当此事已过去，谁知他是痴心人，回到家中病势沉。

倘若哥哥命归阴，岂不绝了商门根？都是奴家作的孽，害了哥哥害自身，奴要设法救哥命。

雪梅想要救哥命，快回话语宽哥心，吩咐丫鬟取纸笔。

一写回言传商林，祝愿哥哥体康宁。

二写提笔自思忖，相公不是相思病。因怕攻书多劳苦，好好将息调养身，不多时日病就轻。

三写哥哥心要宁，胡思乱想也成病。无事后园赏花草，花草悦目能怡心，心情舒畅百病轻。

四写哥哥心要静，得空画画弹弹琴。琴棋书画轮番练，修心养性提精神，人有精神病不侵。

五写哥哥莫急性，慢慢将息病体身。少则十天多半月，病好再来攻书文，妹到书房宽哥心。

六写哥哥放宽心，奴家时刻想你身。待你功成名就日，那时就把洞房进，奴家迟早是你人。

七写奴家恨父亲，他是嫌贫爱富人。奴不嫌哥家贫苦，纵是寒窑我栖身，永同哥哥一条心。

八写奴家泪淋淋，夜夜流泪到天明。相劝哥哥莫急躁，等我设计出闺门，到你府上探哥身。

九写奴家言分明，多多拜上奴夫君。你是商家顶梁柱，父母靠你奉终身，光宗耀祖立门庭。

………………

接着他们再唱秦雪梅要去吊孝的一段：

小姐见娘下楼门，浑身换上白衣裙。拜天拜地来哭起，郎一声来哥一声，哭得天暗地也昏。

一直哭到大堂厅，求爹求娘要起程。宰相一见破口骂，骂声堂下小畜生，你穿孝衣吊何人？

小姐跪地叫父亲，请爹耐心听儿禀。小女年少夫亡故，孩儿要念结发情，要到商家吊夫君。

宰相一听怒嗔嗔，开言便骂小畜生。商林一死百事了，正好另门来开亲，不准奴才胡乱行。

小姐一听火一冒，生身父母也不要。嫌贫爱富是罪过，结发恩情比天高，奴家定要去吊孝。

226

父亲不准儿吊孝，儿就在家把楼跳。一命呜呼
归阴去，追夫黄泉路一条，请夫等在奈何桥。

··········

然后他们唱雪梅在商家吊孝：

一到双膝跪向灵，奴的姊妹好夫君。转来与奴
同罗帐，来年添得一娇生，商家也有后代根。

公婆年老两个人，草上霜来风前灯。二老百年
归天去，谁个披麻送山林？好不叫奴来伤心。

奴家生来孤独命，未出阁门殁夫君。奴家只恨
黑心父，枉读诗书枉为人，见死不救昧良心。

小姐扯住亡夫君，忆起往事泪淋淋。那日书房
来相会，谁知一见种祸根，相思病起要郎命。

而今殁了奴夫郎，丢下奴家守空房。二老含辛
抚养你，到头不顾爹和娘，问郎你是铁心肠？

无情冤家好狠心，抛别亲人独自行。可怜二老
风前烛，白发反送黑发人，老来丧子多伤心。

小姐哭得泪纷纷，吩咐丫鬟摆祭品。毡毯当堂
铺在地，跪下雪梅女佳人，三杯水酒祭夫君。

四跪八拜行大礼，三牲祭礼呈夫君。好似乱箭
穿心上，只求夫君将奴等，黄泉路上一同行。

手摸灵牌痛在心，奴夫你在哪道行？是否过了

奈何桥？望乡亭上可望村？可把奴家记在心？

　　⋯⋯⋯⋯⋯⋯

　　唱吊孝的是为江一冰唱丧歌的那个女的，她今日唱得投入，唱得自己流泪满脸，比那次更用情。听她嘶哑了声调，听到的人受到感染，也是泣声一片。站在阿文身边的红儿更是身子一抽一抽的，靠在阿文身上小声哭泣。空气仿佛凝固，半天没有声响，还是阿文高喊一声："好！唱得好！打赏！"

　　黄莺就上前给他们送上红包，两个歌手弯腰双手接了。

　　这时，顾红梅上亭去跳孔雀舞。因亭子中央有石桌石凳，她不好施展身手，就围着石桌转，但也像那么回事。她舞姿舒展，柔软轻盈，媚眼四挑，挑得李奇放下画夹走到亭前观看，离顾红梅几尺远。只见顾红梅一个旋转动作竟然把裙子旋了起来。李奇眼睛睁得大大的，使劲叫好，大声鼓掌，气得老八使劲掐他的腰间肉，李奇又"哟哎，哟哎"地退出来，嘴里还呵呵傻笑，过足了一回眼瘾。

　　顾红梅跳完，阿文想叫伍本报上亭去表演一个节目，看见他站在人群比较远的地方，黑着脸在和余未嘀嘀咕咕说着什么，想着他没离开就不错了，就没有去叫他。

　　接着，另一对山歌手上亭，他们唱的是黑山本地山歌《梅花叹五更》。

　　一更里来心下呆，高挂明灯绣郎鞋。紧针密线慢慢绣，泪眼穿针费疑猜，愿郎莫学蔡伯喈。

二更里来想情郎，痴痴迷迷想一场。你今好比刘志远，抛弃前妻李三娘，却与乐氏两成双。

三更里来上眠床，长吁短叹细思量。愿做鸳鸯游下水，不愿上天伴星光，远隔银河望牛郎。

四更里来受孤凄，梦里与郎两相依。黄粱好梦不长久，晨风灌耳鸡又啼，好似霸王别虞姬。

五更里来星光坠，满腹愁肠说与谁。未知情哥心何意，何时与郎在一堆，情哥莫学陈世美。

一夜思想到天亮，照起明镜巧梳妆。鲜花失水精神萎，睡肿眼泡眉毛长，一心一意想情郎。

他们唱完，黄莺又上前递给他们红包。

这时，阿文请古莲法师上亭朗诵她新填的词。古莲法师款款而行，步履稳重，上亭后口吐莲花，中气十足。她念道：

念奴娇·题捉月亭

红梅半放，倚枝三两朵，冰姿颜热。眸子含羞清照面，一树清奇虬骨。寂寞如筋，情怀萧索，无意秋前说。霜风问我，冬九何日飘雪？

喟叹潇洒诗仙，捕风捉影，纵马西江别。早料人间无数恨，渡越千帆层叠。愿寄来生，相逢若识，相看楼头月。负君今世，记将相守无缺。

此词上片咏梅，下片歌李白，果然是好。阿文想：还是法师有法眼，如果在亭旁植数株梅树，春夏秋冬都有景可看了。

这时，太阳偏中，天气热了起来，伍本报叫阿文见好就收，阿文马上宣布诗会结束，邀请大家一起去梅园国际大酒店吃饭。四个歌手说下午要回乡下去烧纸寄包袱，其他人也是如此，大部分人便自行走了。四姊妹前呼后拥拉着杨美中走，她们不愿和文人墨客相聚，老大说难适应。她们相约去了老九的火锅店。杨美中走时还扭头朝阿文看，估计他想参加这边的酒席。李奇被老八"橘子"扯着走了，不知去做什么事。阿文请古莲法师一同去，古莲法师举掌说下午有佛事要做，改日再请诸位去传灯寺品茶论佛。于是，伍本报、余未、阿文、红儿、尚斌、顾红梅、黄莺、长水，还有赵工一起去了酒店。

在去酒店的路上，阿文看看前面开车的尚斌，感觉尚斌这个名字有意思。尚斌，崇尚文武，但他又不文不武，却又与文与武打得火热，跑前跑后，甘愿跑龙套。不过，圈子里还真少不得像他这样热心的人。

二十三

晚上的时候，阿文脑袋里过了一遍上午诗会的情景，觉得那四个山歌手选择的山歌很有意思。《秦雪梅吊孝》虽是封建社会发生的事情，但未出阁的少女秦雪梅大胆追求爱情，忠贞不渝，冲破礼教只身前往未婚夫家吊孝并留下来和使女一起抚养遗腹子商格。这在那个时代是需要决心和勇气的，当代女子都不一定能做到。且不说世人的冷嘲热讽，就是漫长的寂寞岁月也够考验一个女子的意志了。而《梅花叹五更》正好唱出了一个思春女子一夜的心情，想必秦雪梅在商家有无数个这样难熬痛苦的夜晚。

雪梅不是秦雪梅，阿春多少有点像。想到阿春，他决定明天再去趟文家大屋，打听阿春的下落，大屋的人可能有人知道她的身世和去向。

一夜无梦。

第二天清早，阿文下楼去餐厅吃早餐，正好碰到莞生和阿芳在那里吃，就跟他们说了要去文家大屋的事。莞生听了很惊恐，第一个想法就是他是不是知道了阿春的事，忙问道："老爸去那里干吗？"

阿文说："多年没回去了，想回去看下。"

莞生一听就放心了，他不是去看阿春。他说："那我们陪您去，正好前天二叔公打来电话要我们去看老祠堂，他想要我……"

"二叔公？你认识二叔公？他想要什么？"

莞生说漏了嘴，马上圆话说："是二叔公来找我时才认识的，我也不知道他是怎么知道我的。他老想要我出点钱修缮一下老祖堂。"

"哦，是这事啊，那老家伙真会找人的。这样吧，我先去看下，可能的话你们再来，那老家伙可精了。"

莞生和阿芳对了对眼，也只好这样。阿文一走，莞生马上和二叔公打了电话，叫二叔公千万不要说阿春的事，老爸知道了，或者出了什么事，别说是修缮老祠堂，以后他们都不会再来往了。二叔公知道利害，答应一定保密，绝不让他知道阿春的事。

阿文出了城，不知想到什么，又叫司机掉头回去接红儿一起去。红儿当然乐意去，这是准媳妇的"待遇"。红儿了解阿文的心思，虽说不是衣锦还乡，可他是文家的子孙，回老屋总不能孤家寡人一个人回去，那会让老屋的人看笑话的。

女人就是女人，红儿很细心，到超市买了很多礼物，什么烟酒、点心之类的，打发老老少少的算是齐全了。阿文对她说：

"买这么多东西干吗？"

红儿说："你以为你是去参加文人聚会啊？带张嘴去说一通就行了，或者送你的书？这不一样呢。你的书鬼看，擦屁股还嫌纸硬。听我的没错。"

阿文知道红儿是本地人，知道乡下的风俗人情，也就随她去弄。

他们到达文家大屋的时候快十点了。进村口处，二叔公和几个人在大树下候了大半天。他们见阿文下车，一个后生马上点燃了鞭炮，"噼里啪啦"一阵乱响。二叔公迎上前去，握着阿文的手猛摇，嘴里说道："阿弟啊，你可回来了。"

阿文知道当地人把晚辈的都称为阿弟，不管男女。尽管二叔公只大他十多岁，毕竟是长辈，可以这样喊的。

二叔公没说两句眼睛就红了，他用衣袖去擦眼睛，一只手还紧紧拉着阿文的手。

一阵寒暄之后，二叔公把他们接进了自己的新楼。在大门口，阿文打量着二叔公的新楼，他说："二叔公，你可以啊，四层新楼，比我强啊。"

"哪能和你比啊，你可是我们文家的大名人，光宗耀祖啊！我们都是粗人，没辱没先人就不错了。"

二叔公要阿文进屋坐，阿文说天热，就在门口树荫下坐坐，一些人就赶紧跑进屋里去搬椅子板凳。坐下正说着，二叔公的孙媳妇端着茶盘出来了，一个年轻姑娘端起一杯水双手递给阿文，喊了一句："阿哥喝茶。"

二叔公马上介绍说："侄孙女荷花，和你平辈。"

"哦，荷花妹啊，我不认识的。"阿文看着荷花说。荷花立即低下了头。荷花是照顾阿春怀孕并一起送阿春回文家大屋安葬的那个姑娘。

二叔公盯了荷花一眼，又说道："那是，你多年没回了，当年你回来时她还没出生呢。"

荷花又端起一杯茶走到红儿的面前，不知怎么开口，阿文说："你红姐。"

荷花就喊："红姐请喝茶。"

红儿笑着双手接了，嘴里说谢谢。荷花递完茶就站在一边打量着红儿。她在心里把红儿和阿春做比较，感觉红儿比阿春漂亮不到哪里去，只是略微年轻一点，皮肤细嫩一些，保养好一点，腰肢细一点。她想：这女人会跟阿文生崽吗？能生出来吗？

坐了片刻，喝完茶，二叔公带阿文去文家祖堂。红儿挽了阿文的胳膊一起走，脸上一脸的红光。

他们走后，荷花看见红儿和阿文那亲热劲儿，跑进屋里悄悄地哭了一场。她哭阿春没有红儿命好，否则阿文怎么会带她回老家省亲呢？荷花哭后又想，如果阿春不死，她的儿子也快满百天了。

荷花是哭糊涂了，今日正好是阿春死后的百天。

走进祖堂，早有人站在神龛边吹响乐器，迎接阿文前来叩拜上香。过天井时，阿文回头问二叔公："这是干吗？又不过年过节的，搞这么隆重？"

二叔公说："应该的，虽说不过年过节，可你是我们文家的大名人，又不经常回来，这是规矩，否则对祖宗和对你不恭敬。"

阿文不再说了，挺胸迈步向神龛走去，然后站在神龛前，接过旁人递来点燃了的三支香，举着香，规规矩矩向祖宗三拜。拜完将香插进香炉中，回过头对二叔公说："忘了下跪要三拜九叩的。"

二叔公说："礼多人不怪，你是城里的人，不懂这些，祖宗不会见怪于你的。"

红儿本想和阿文并排一起去拜，看见礼事没给她香，就在一旁站着，等阿文敬完香，礼事才请她过去，递给她香支。红儿举香拜一下就跪下，磕三个头又站起，又拜又下跪再磕三个头，行三拜九叩大礼。她把自己当成阿文的媳妇了。阿文见她如此郑重，也不去阻止，随她去做，不过从心里默认了她。

二叔公敬香时，一边拜一边高喊："列祖列宗哎，都来受飨哦，文家第二十三代孙大名人孝贤回来了哦，你们脸上有光彩啊！树有根，水有源，孝顺子孙不忘本，光宗耀祖第一桩。列祖列宗哎，保佑文家子孙哦，保佑孝贤一生平安、子孙满堂哦！"

二叔公敬完，其他人一齐去敬香，然后大家坐在堂前说话。阿文问二叔公："这祖堂是什么时候建的？"

二叔公说："按谱上记载，最初是三世祖昌兴公辞官回乡后出资兴建的，明末清初吧，三百多年了。清末又重修了一次，是十九世祖继年公出的资。继年公是清末秀才，文章了得，第二年正准备去朝廷殿试，可惜皇上取消了科举取士制度，要不然也是功名在身，朝廷行走呢。打那以后到现在，算到你这一辈已有四五代没有修缮了，就成了如今的破败景象。"

阿文知道，他的二始祖是大房，文昌兴的父亲是二房，是亲兄弟。文昌兴的父亲是被黑山文家一始祖朝阳公赶出门的。原因是二房的太太风流，不守规矩，但没想到二房到了鸡公山脚下生出了文昌兴。文昌兴后来考上进士当了侍郎，成了两家最大的官。

阿文正想着，二叔公打断他的沉思，说："阿弟啊，你回来正好，我想请你帮忙把祖堂修整一下。我们开了几次族上的会议，因为修缮要一大笔钱，没有搞成。"

"哦，你们不是找了莞生？想叫他帮忙？"

"是的，可他不是文家的人，我们说话不着数。听说他马上是你的女婿了，你说话他肯定听。"

"呵呵呵，你个老家伙蛮精呢，这都搞清楚了？"

"怎么办呢，总不能眼看着祖堂垮掉吧？"

"行啊，来时莞生跟我说了，我叫他来商量下，看需要多少钱，我叫他出，谁叫我是文家的子孙呢。"

二叔公听了高兴，拉着阿文去家里吃酒，边走边说："我一定要好生敬你几杯酒，感谢你大力支持。"

阿文说："二叔公切莫如此讲礼。"

红儿跟在后头听他们说话，听得一愣一愣的，她从未来过文家大屋，根本不知道这里的情况。

吃饭的时候，阿文问二叔公："是不是下午我们去坟上拜祭下祖坟？"二叔公一听吓了一跳，他没想到阿文突然提出这个要求。去祭祖没有问题，只是阿春的坟就在祖坟不远处，万一被阿文看见了怎么办？

阿文回敬二叔公一杯酒，继续说："回来了就该去下。"然后他对身边的红儿说："等下你和荷花去买些祭品。"

二叔公说："屋里有的，没有也不能叫侄孙媳去买。"

听二叔公这么一说，阿文拉着红儿一起站起来，举杯对满桌的人说："孝贤对不起各位叔公叔侄们，我和程红儿跟你们喝一杯道歉酒。这么多年了，原谅我们的礼数不周。"

红儿听了疑惑地看着阿文，心想他怎么知道自己的姓？自己从没和他说过啊。

二叔公明显是在拖延时间，借着各种理由和阿文喝酒，一个劲儿胡乱扯些闲话。他想把阿文喝醉了，免得下午去祖坟山。

阿文今日高兴，超水平发挥，来者不拒，喝了好些酒，还没醉。只是话多了些，声音大了些。在他东扯西拉时，莞生和阿芳来了。

二叔公一见他们像见到了救星，他那颗悬到喉咙眼的心落了地。他向莞生使眼色，意思是叫莞生接他回去。莞生懂了，过来扶阿文，对他说："老爸，呵呵，您喝醉了，我们回去吧。"

阿文把他拨到一边说："嗯，怎么回去呢？你们来了正好，我们一起去祖坟山拜祭，我孝贤一家去拜祭老祖宗。"

莞生没办法，只好又去扶他，搀着他出门。二叔公赶紧叫人带祭品跟上。

阿文歪歪斜斜走在山路上，向前直冲，莞生跟都跟不上，生怕他跌倒了。

阿文酒醉心明，到了始祖坟前很规矩，不说话。虽然有点站不住，身子两边晃，头脑还是清醒的。他先一个人在坟头下跪磕头，起来没有叫红儿，而是叫莞生和阿芳去磕头。红儿站在一边很尴尬，心里有一点儿小想法，不知道阿文为什么不叫她去。

二叔公站在坟头边，见阿文磕头又是喊了几句，跟在祖堂里喊的差不多，都是告诉祖宗孝贤来了的话。

磕完头，阿文站在那里看，看见祖坟山四周大大小小不少的坟墓，他知道这里埋着的都是几百年来文家的人，心生感慨。他心想：自己死后会不会也埋到这里呢？他突然看到了不远处阿春的坟墓，坟墓包上的石灰还是新的。他问二叔公："那棺新坟是哪个的？"

二叔公敷衍说："哦，那是你隔纱的堂表媳，前不久得病死了，作孽人。"

"哦。"阿文应了一声，想过去看下。二叔公一把把他拉住，说："新坟不吉利，我们回去吧。"

阿文酒劲上来，头有些昏，也就随着二叔公下了山。

这一切莞生看在眼里，急在心头。看见二叔公拉着阿文下了山，终于放下心。在路上，他向二叔公跷起大拇指，然后对二叔公表态，修缮祖堂的钱他全出，二叔公说了算。二叔公听了大悦，走路也像阿文一样飘飘然了。

下到山脚，阿文还回头望了一眼那座新坟。

回到二叔公的新楼，莞生叫阿文回去，他不同意。他说今晚就在文家大屋歇一夜，明天再回去。二叔公虽然喜欢，但又怕出什么变故，他朝莞生看。莞生说："老爸难得回来，就让他在这儿住一晚上吧，我明天派车来接。二叔公，您要招待好哦！"

二叔公听明白了，他说："贤孙婿，放心，放一百个心。"

晚上，阿文和二叔公吃完晚饭后又说了一阵子话。阿文问阿春的情况，二叔公听了头直摆，一问三不知。他说不仅现在情况不知，而且阿春过去的情况也不知，阿春肯定不是文家大屋这边的人。二叔公说："我真不知道，当年我进城去看你老阿婆时问过，你老阿婆不说阿春是哪里的人、哪家的女，这世上只有你阿婆知道阿春的事。"

见二叔公如此说，阿文就不再问了，问了也无益。

睡觉时，二叔公把他们安排在新孙媳的新房里睡，阿文不同意。二叔公说："你让你的侄弟媳沾点你的文气不行啊？也让我的后代出个状元郎好不好？"

阿文知道当地有这种扯风水的习俗，也理解二叔公的心情，便不再推辞了。其实，这种扯风水的习俗很可笑。有什么用呢？出不出人物根本无关乎风水。难道自己大字不识的老娘当年也是这般扯了风水才生出自己来的？再说自己的儿子文子根本不是读书的料，难道自己的风水还不旺吗？可见这习俗荒唐，只是心灵安慰罢了。

荷花给红儿端水时很不高兴，脸上没有笑容，也没有好言语，只是把水端进来一放就走，门也没带上。当然，如果是换了阿春那就大不一样了。

阿文随便洗了两下就上床，靠在床背上看一本无头无蒂的破杂志，也不说话。红儿看着阿文，一时不知怎么办，是洗了和阿文一起睡？还是……她想起阿文带她去九华山，七天七夜虽然同房却不同床。可今日房里只有一张床，莫非阿文同意和自己睡了？想到这儿，她心里激动起来。红儿认真地洗净，然后擦干爬上床去，偎在阿文的身边。阿文又胡乱看了几页，抱着红儿一起睡去。

二十四

黎明时分，阿文被噩梦惊醒，出了一身冷汗。他在梦中梦见文家始祖一个个从眼前飘过，有戴官帽的，有穿官服的，一个个微笑着从面前走过，可一个都不认识。有的还在喊他的名字，孝贤，孝贤。当然，这不是他惊醒的主要原因。在梦里，阿春赤身裸体抱着一个赤条条的婴儿向他飘来。阿春喊道："哥，哥啊，这是你的儿子，你给他取个名字哦！"转眼间，阿春和那婴儿被一阵大风吹跑了，消失得无影无踪，他拼命地追着大喊，就这样惊醒了。

阿文惊醒后猛地坐起来，惊醒了旁边的红儿。红儿迷糊地睁着眼睛问："怎么啦？"

阿文扭头对她说："刚做了一个噩梦。"

清早吃早餐的时候，阿文跟莞生打了电话，叫他不用派车来接了，他准备叫长水和赵守轩过来看祖堂如何修复。接着，他给长水和赵守轩打了电话，他们答应马上过来。

在等长水和赵守轩的空隙，阿文和红儿坐在大门口闲聊。

阿文说着昨晚做的噩梦，红儿一听就连声"呸呸呸"，说上午不能说梦的，不吉利。阿文笑她迷信，可还是说了。红儿知道阿春，但她不知道阿春和阿文之间的关系。

阿文就把他和阿春的关系和昨晚的梦都说了，红儿撇着嘴说："你女人蛮多的啊，真是风流才子。"

阿文说："以前是有几个，离的离，嫁的嫁，出家的出家，失踪的失踪，现在只剩下你一个啰。你是不是感到孤单啊？我再给你找个姐妹做伴？"

红儿掐了他一下，说："你敢！你要再是花心，我就……我就和雪梅一样去跳黑峦峰！"

阿文笑着说："不是不敢，是我老啰，没那个激情了。再说，你不会学雪梅的，你不是雪梅，你是红儿，是不？"

红儿不说话，眼睛里含着泪花。阿文拍了拍她的肩膀，红儿的眼泪流出来了，阿文把她揽到胸前。

长水和赵守轩来后，阿文和二叔公带他们去祖堂。赵守轩认真看了，拍了许多照片。然后，他讲了自己的初步设计方案。主要是以旧补旧为原则，所有盖瓦翻过，檩木、大梁、顶柱烂了的就换掉，整个墙壁涂白，神龛重新油漆，祖宗牌位洗净描金即可。堂内增挂堂号匾，大门口增加一对石鼓，门前安放两个石狮子，大门顶上加檐翘角，大门写联。赵工说："阿文大师，匾联都是你的事哦。"

阿文问二叔公："祖堂的堂号是什么？"

二叔公说："祖堂以前是有堂号匾的，叫敬山堂。"

"敬山堂？有什么说法？"阿文问。

"我也说不清楚，祖上传下来的，说是昌兴公自己取的，是什么意思我真不晓得。"

赵工说："敬山堂好，意义深长。"

长水一时插不上话，拣着空儿表态只要赵工图纸设计出来，一定高质量按图修缮。

他们商议了一阵子就打算回黑山，二叔公拼命挽留吃了中饭再走。阿文没同意，说回去还有事。二叔公没法，只好让他们走，一直送他们到村口大树下。

阿文路过进文家祖坟山的垄口时，叫长水停车，下去站在那里眺望祖坟山，又看见了阿春的新坟。

长水很见机，下来问阿文："文哥是不是要上坟山拜祭老祖宗啊？我陪你去。"

阿文说："昨天下午去了，只想再看看，说不清楚几时再能回来。"

只有红儿知道阿文下车的真正原因，他是为了昨夜做的梦。

回到黑山，红儿从月月红酒店搬来了自己的生活用品，和阿文正式住在一起了。阿文回来后情况不太好，夜夜做噩梦，醒来胸前的冷汗一抹一大把，整天精神萎靡。红儿以为他是肾虚，陪他去中医院看了老中医，开了几服补肾祛寒的中药。吃了一个疗程，病症稍微轻点，但起色不大，醒来还是出虚汗。红儿有些慌了，硬拉着他去市中心医院做全面检查。抽血、大小便化验、拍片透视、心电图、B超、胸彩超、CT、磁共振，一路查下来，却没有什么大问题，只是什么谷氨酰转肽酶、谷丙转氨酶、谷草转氨酶等有些偏高，有中度脂肪肝，肝功能比较差，硬是没查出什么原因导致出冷汗和整夜做噩梦。

红儿自他出冷汗和做噩梦开始就不敢与他亲热，怕他病情加重。经常黎明时分去摸他的胸前，一摸摸出一掌汗水来，吓得半死。她认为是市中心医院设备和医生技术有问题，要阿文去省城协和、同济之类的大医院，还不行就去北京，再不行就去英国伦敦。

阿文对这种情况也很困惑，心里有点烦。中医不起效，西医查不出原因，还有什么好办法呢？他更烦的是红儿整天在耳朵边嚷嚷，好像世界末日天塌地陷似的。他听烦了婆婆嘴，哪儿都不去看，中药也不吃了。有时不舒服就喝闷酒，喝多了就蒙头大睡，管他出不出汗。红儿看他固执，胡来，就叫莞生和阿芳来做他的工作。

阿芳比红儿还急，一听说病了，还没开口就泪眼婆婆的，好像阿文病危得快要死了。她是被阿春的死吓怕了，见了风就是雨，听不得风吹草动。阿文不听他们的，他说："好丫头，别着急，你老爸死不了的。"

莞生也想说几句，阿文摆摆手说："我自己的情况我清楚，你们不要担心，忙你们的去吧。"

莞生知道劝不动，就和阿芳出来了。在电梯里，阿芳说："都是你干妈闹的，几十岁了还同什么居？真是的！"

莞生说："别乱说，大人有大人的想法，我们不好管的。"

自从和阿文有了实质性改变，红儿决定不再经营月月红酒店了，她将酒店拍卖，一心一意照顾阿文。她征求阿文的意见，阿文说："你自己看着办，我从不管这些闲事的，也管不了。"

红儿多少有点失望，既然是夫妻了，家里的事就要商量着办的，怎能不管呢？但她知道阿文就是这个性格，雪梅在给她的遗书中说过，他生活一塌糊涂，要她照顾他。红儿就不再和他说了，自己紧锣密鼓去操办拍卖酒店的事。

半夜时分，阿文突然想起杨美中，想起杨美中给他看过的那四句偈语："天际偶现一线红，霞光灿烂不相同。世间尽是俗人眼，孤雁鸣叫过长空。"一线红？不相同？过长空？难道这偈语不是说杨美中，而是说的自己？杨美中不是怕自己过不了那个坎，而是担心我？一线红是指红儿？不相同是说什么呢？自己命中就是一只孤雁？到头来就是一场空？

他想来想去睡不着，睁眼到天明。

上午，红儿出门去和人商谈月月红酒店拍卖的事。他给红儿留了张字条，收拾了一些简单的行李就出门了，从黑山消失了。

傍晚，红儿兴高采烈回到酒店，一打开门看不见阿文，又看到书桌上的字条，慌了神，立马给莞生打电话。莞生和阿芳赶上来，红儿对他们说："你爸……你爸，他走了！"

莞生和阿芳吓了一跳，赶紧去看字条，字条上写道：我出去一段时间，你们不用担心，也不要找我。

红儿问："你爸会去哪儿啊？他会不会……"

"我想，"莞生说，"老爸不会有什么事的，他喜欢独来独往。干妈你不要着急，他不会的。"

莞生的意思是阿文不会自杀。

阿芳对红儿更有意见了，嘴巴翘着，出门时鼻子里还"哼"了一声，表示她对红儿的不满。

阿文一个人去了石马山传灯寺。

在传灯寺里，古莲法师对阿文很宽容，并不按居士住庙那样严格要求，他想参加早课晚课也行，不听也不叫人去叫他。刚来的第一天，凌晨三点他被僧人敲板的声音惊醒。他没见过寺里做早课，起来去大殿看。僧人们在住持的带领下念《楞严经》，他了解《楞严经》，念此经书可以去除内心的私心杂念，避免诱惑。

闲暇时间，古莲法师请他喝禅茶，给他讲解《菩萨戒经》《菩萨十波罗蜜修行次第》，传授《菩萨戒》，他似懂非懂却听得津津有味。更多的时间，听着梵音，和古莲法师作诗填词，谈佛论道。几天下来，人在红尘外，忘却烦心事，听松风轻唱，看白云飘浮，感觉自己也像鸟儿一样轻盈地在空中自由翱翔。

在石马山，他问了古莲法师关于杨美中来寺里修行的事。古莲法师说杨美中没有来寺里修行，说杨美中是道中之人，不会来佛家寺庙的。阿文想：那杨美中到底去了哪儿呢？

半个月后，他下山回到了黑山。

一进房门，红儿见到他就扑上来用"粉拳"直敲他的胸脯，埋怨着说："你回来干吗？干吗不去黑峦峰跳下去？雪梅在等你呢！"

阿文忘了《楞严经》，像着了魔似的把她抱起来往床上一丢，压在她的身上，红儿顿时不说话了。

躺在床上，红儿对他说，月月红酒店卖了五百万，他听了一笑，像是听红儿说你今天气色真不错一样，根本没当回事儿。

从石马山回来，阿文再也没做噩梦和出冷汗。

进冬后，阿文和莞生说他们准备去海口文昌过冬，明年开春后再回来。莞生对他说，他和阿芳年底去英国，旅行结婚，同时处理英国酒店的事务。

阿文离开梅园国际大酒店前特地去后院看了那株梅花，梅花树枝结满了花蕾，如同点点繁星。阿文想：隆冬飘雪的时候，这株梅花一定开得盛艳。

出了梅园国际大酒店大门后，阿文回头看了一眼"梅园国际大酒店"七个鲜红的招牌字，他觉得莞生说得对，还是红色的好。

他们是悄悄走的，就像二十年前突然消失一样，黑山文化圈子的人，他的那些朋友都不知道。

他们去海南旅行结婚。

后 记

《梅萼》是我的第二部长篇小说作品，也是《梅殇》的姊妹篇。

《梅殇》于2015年7月由黄河出版社出版，2016年评论家朱必松撰写评论文章《世纪之交世俗众生的故事——读阿木长篇小说〈梅殇〉》发表在《湖北日报》东湖副刊上，同年，《梅殇》荣获河北省首届"浩然文学奖"。

原本没想创作姊妹篇《梅萼》，因为创作长篇小说太累人，那时我年近六十岁，快退休了，颈椎病又比较厉害，脑袋整天晕乎乎的，走路两边晃，像喝醉了酒的人，当年创作《梅殇》是一边做牵引一边完成的。然而，《梅殇》中的人物一直纠缠着我，不时出现在我的眼前，挥之不去，使我不得安宁，仿佛都要我给他们一个最后的说法。同时，我也不忍心精心创作的人物就这样默默无闻，不了了之。于是乎，我又花了大几个月的时间续写了《梅萼》。

《梅萼》增加了一些新的人物和故事，比《梅殇》的篇幅长一些，共二十万字。

《梅萼》初稿完成后，正值湖北省作家协会开展第三批长篇小说重点扶持项目，我便向省作协申报了《梅萼》。按照省作协长篇小说重点扶持项目的流程，《梅萼》从全省一百七十多部作品中进入前六十，又从前六十进入前三十，最后再进行答辩程序。我没想到创作长篇小说还有这样的曲折，去省作协参加答辩会时，面对九位著名的作家、评论家评委的提问，我仓皇应答，结果《梅萼》以零点一分的差距名落孙山，我失去了进入全省长篇小说创作第一梯队的机会。《梅萼》未能顺利面世，一展它的芬芳，而是在电脑里一躺就是整整八年。

今年初，看过初稿的文友还记得《梅萼》，催我把它尽快出版，别浪费了。于是乎，我将《梅萼》交给了成都书点文化传播有限公司委托出版。《梅萼》交出之前做了一些修改和删减，最后顺利过审。

《梅萼》其实不是原名，原名不记得了，这个书名是文友陈明耀先生取的。我查了百度，知道了梅萼的意思，尽管这个萼字比较生僻，人们不太常用，许多人也不太明白，但它很能概括这部长篇小说的主要内容。

《梅萼》主要是续讲《梅殇》中一男四女后期发生的故事，他们分别是作家阿文，和阿文有关联的月桂、阿春、阿红和夏莉。四个女人都有了结局，月桂改嫁，阿春高龄产殁，夏莉出家，阿红嫁给阿文。

《梅萼》属于都市现实生活题材的小说，讲述鄂南一群文人墨客在当今经济社会中悲欢离合的故事。这些个故事看似荒诞不经，却一切皆有可能。

《梅萼》以主人公阿文二十年后重返黑山市一年的生活为线索，通过他与黑山市一些人发生的关系和故事，描写黑山市文化生活和社会各阶层的众生相，表现了文化人在情感道德、文化价值观等方面发生变化的生存、思考、困惑以及奋斗的曲折经历。本书在嬉笑怒骂中坚守文化自信和价值取向，以及道德底线，鞭挞社会假丑恶，歌颂正能量，弘扬民族文化精神。

《梅萼》小说中的一些诗词主要由古莲大师、诗人谭道利先生和秦凤女士友情提供，在此一并感谢！

我不知道，也无法预测读者会对《梅萼》有什么样的看法和评价，我只感觉完成了一个重大任务，我可坦然面对我所创作的那些鲜活的人物了。

我快七十岁了，同样不知道自己还能不能再创作长篇小说。

说些题外话，是为后记。